河出文庫

白い薔薇の淵まで

中山可穂

河出書房新社

目次

白い薔薇の淵まで

1

そのとき、わたしは四十三歳で、ニューヨークの紀伊國屋書店にいた。

そんなところに行ってしまったのは、よほど日本語に飢えていたからに違いない。どうかすると一言の日本語も話さない日々が数カ月も続き、手持ちの文庫本も他人に譲ったりホテルに置き忘れたりして次々と手放し、無性に日本語の活字が読みたかった。それも普段ならめったに読まないような山本周五郎や室生犀星なんかを、揚げたてのコロッケや残りもののカレーを恋しがるみたいに欲していた。長く日本を離れていると時々そういうことがある。あいにくと室生犀星はなかったけれど、かわりに思いがけないものを見つけることができた。

その本は日本語本のコーナーにではなく、日本人作家の英訳本コーナーにあった。敬愛している作家の本に挟まれて、とても幸福そうだった。

RUI　YAMANOBE。

ほぼ十年ぶりに再会したこの名前を、わたしは気の遠くなる寸前までじっと眺め、それからようやく本を手に取った。塁ではなくRUIと書かれていたせいか、それとも十年という歳月のためか、それほど混乱することなく、自分でも意外なほど落ち着いてその本を手に取ることができた。まず重さを確かめ、表紙をそっと撫で、それから埃の匂いを嗅ぐように本の匂いを嗅いだ。胸のなかに紙とインクの清潔な匂いが流れ込んできた。

そのときわたしの頭に浮かんだのは、何の脈絡もない次のような言葉だった。

『帰りたいだろうな、地球に』

『帰れるものなら』

たぶん宇宙飛行士の遭難を描いた映画か芝居のセリフだったと思う。

なぜそんな言葉が浮かんだのか、わからない。

その脈絡のなさがおかしくて、わたしは少し笑ったかもしれない。

何年も国を離れて異郷をさまよった末にこの街で職を見つけ、腰を落ち着けてさらに数年がたとうとしていた。この言葉はそんな自分自身のセンチメンタリズムのあらわれだったのか、それともさらに遠く長い旅をし続けているこの本に向けてのねぎらいの言葉だったのだろうか。

ひと目でカップルとわかる若くてスタイリッシュな男の子の二人連れが、隣で同じ本を手にしているのが見えた。これは彼女の二作めの小説で、女どうしの性愛を描いたゲイ文学の傑作と謳《うた》われていた。カバーにそれらしい写真が使われているので彼らの嗅覚に引っ掛かったのだろう。二人はひどく真剣に、買おうかどうしようか話し合っているようだ。

そのうちに彼らと目があって、わたしたちは自然にほほ笑みあった。

「この作家、ご存じですか？」

「ええ、すばらしい作家よ」

わたしは胸をはって、勢い込んで答えた。

「日本ではよく読まれているの？」

わたしにはその質問に答える資格がなかった。もう十年近く日本の本屋に立ち寄ったこともなければ、日本の新聞も雑誌も読んでいなかったからだ。わたしは司馬遼太郎が死んだことも長いあいだ知らなかったし、フーテンの寅さんは永遠に続いていると思っていた。でもこうして英訳が出ているくらいだから、あの頃より少しは読まれるようになったのだろう。たとえここがニューヨークという、ゲイ文学に特別の関心を払う街であったに過ぎないとしても、わたしにはそれが自分のことのように嬉しかった。捨ててきた十年が、それだけで報われる思いがした。

「わたしの知る限りでは、少数の読者に深く読まれていた幸福な作家だったわ」

「この作家はまだ若いの？」

「二十八歳で亡くなったの。十年前に」

テン・イヤーズ・アゴウ、と言ったとき、目の前でするすると時の呪縛が解けて、わたしは雨の匂いのする東京の本屋にいた。この十年間、わたしはいつも、雨の匂いのする本屋で蟬の合唱を聴きつづけていたような気がする。薔薇《ばら》の残り香はつねに耳の後ろにあった。

わたしは脳髄《のうずい》の裏側に白い薔薇を植えたことがある。
花を咲かせたのは数えるほどしかない。
ＲＵＩが塁であったとき、花びらはこの頭の中で幾度もこぼれた。
命を刺すトゲとともに。

帰りたいだろうな、地球に。
帰れるものなら。
帰れるものなら。
帰れるものなら。

同性愛者だからといって右手の中指をあからさまに見つめるような人間には、塁の話はしたくない。わたしたちは結局のところ、同性愛者にはなりきれなかったのだ。そのように生きられたらどんなによかっただろう。わたしたちは何者にもなれなかった。塁が男だったらとか、自分が女でなければとか、思ったことは一度もなかった。わたしは自分の性を肯定するように塁の性も受け入れ、愛した。性別とはどのみち帽子のリボンのようなものだ。意味などない。リボンの色にこだわって帽子そのものの魅力に気がつかないふりをするのは馬鹿げている。自分の頭にぴったり合う帽子を見つけるのは、実はとても難しいことなのだ。東京じゅうの帽子屋を探して歩いてみるといい。百個に一個あるかどうかだ。だから、これだと思う帽子が見つかったときは、迷わず買ってしまったほうがいい。リボンが気に入らなかったら取ればいいのだ。肝心なのは宇宙の果てで迷子になったとき、誰と交信したいかということだ。

塁のことを思うと、いつも木枯らしの音が聞こえるような気がする。

あのとき、わたしは二十九歳で、東京で会社勤めをしていた。

塁と出会うまでは、まさか自分が女の人とつきあうようになるなんて、思ってもいないことだった。わたしにはつねに男がいたし、自分は男が好きなのだと思っていた。女子校時代にはボーイッシュな先輩からラブレターをもらったりすることはあったけれど、こちらから胸をときめかすことは一度もなく、若い男の先生に夢中になっていた。大学一年のとき処女でなくなり、そのときからわたしはセックスというものを肯定的に自分の人生に受け入れるようになった。三十歳になるまでにわたしは四人の男たちとつきあい、それぞれにセックスを楽しんだ。恋が終わって男と別れると、また別の男が近づいてきて、すぐに新しい恋がはじまった。だからわたしには失恋期間というものはほとんどなかった。男たちはみな、一人の例外もなくやさしかった。

塁にはじめて抱かれたとき、わたしはこれまでおこなってきたセックスがただのスポーツに過ぎなかったことを思い知らされた。塁は少しもやさしくはなかったし、わたしが会った人間のうちで最も傲慢で性格の悪いやつだったにもかかわらず、だ。生まれてはじめての性の恍惚と、耐え難い人間性への嫌悪を同時に与えられて、わたしはわけがわからなくなってしまった。揺さぶられ、めちゃくちゃにかき乱され、あっけなく恋の罠《わな》に落ちた。気がついたら世界一わがままな女に、身も心も溺れきっていた。

山野辺塁《やまのべるい》はほんとうに、爆弾のような人間だった。顔だけ見れば、とてもクールでクレバーに見える。ベビーフェイスのおかげで、無垢《むく》にさえ見える。しかし一枚皮を剝《は》げば、一種の性格破綻者《はたんしゃ》であることは間違いなかった。やさしさとか、思いやりとかの持ち合わせはほとんどなかった。負のエネルギーをあたりかまわず撒《ま》き散らしていて、おそろしく冷たい目で世間を見ていた。常識がなく、やりたくないことは絶対にやらないたちなので会社勤めなどできるはずもなく、ひとりきりで黙々とする仕事、たとえば小説を書くというようなことしか、どのみち彼女にはできなかっただろう。そのような人間的欠陥にもかかわらず、いや、それだからこそと言うべきか、神さまから唯一授かった文筆の能力にすがりついて、山野辺塁は作家になった。

と言っても、わたしたちが知り合ったとき、彼女はまだ一作しか発表してはいなかった。そのデビュー作は名もない出版社からひっそりと出版されたため、ほとんど世間からは黙殺されたのだが、あまりにも風変わりで稀有《けう》な作品だったためにある評論家に雑誌の書評で取り上げられた。それは、十五歳の双子の姉弟が熱烈に愛し合うようになり、それを禁じた両親を二人で殺してしまうという陰惨な小説だった。姉と弟が交わるときの、骨と骨とが絡み合うような激烈なエロスと、両親を殴り殺し刺し殺し、その死体を切り刻んでいく描写の異様なリアリティによって、その小説はごく少数ではあるが熱心な読者をつかんだ。しかもそれを書いたのがまだ十九歳の女の子であり、本の扉に、

「最愛の弟の、
　血と肉に」

という献辞が捧げられているということも、読者の好奇心をそそることになった。

わたしが塁のことを知ったのも、その書評でだった。書いたのは小津康介《おづこうすけ》という辛口で有名な評論家で、めったなことでは作品を褒めない、というより、口を極めて罵ることを生き甲斐にしているような男だった。その筆にはいささかの容赦もなく、そこまで言っては世間が狭くなるのでは、とつい余計な心配をしてしまうほどだが、彼のファンは多く、わたしも実は結構好きだった。その小津が、まったく無名の出版社から出ているまったく無名の新人の作品を取り上げただけでも異例といえるが、技術面での未熟さを徹底的に叱り飛ばしたそのあとで、

「ジャン・ジュネの再来」

という、目の眩《くら》むような賛辞を与えたのである。

「おお、小津康介がそこまで言うか」

と興味をひかれ、読んでみたいと思ったのだ。

だがその本はなかなか売っていなかった。街に出たついでに大きな書店に立ち寄って探してはいるものの、見つからない。わざわざ注文する気にはなれず、わたしはいったんその本のことを意識の底にしまいこんだ。その途端である。飲み会の帰りにふらりと寄った深夜の青山ブックセンターで、わたしはその本にめぐり会った。

「ああ、あったあ」

飲んでいたこともあり、思わず声に出してそう言っていたかもしれない。わたしは本を手に取り、ぱらぱらとめくってみた。著者略歴も著者の写真もあとがきもなかった。タイトルや著者の名前さえ注意して探さなければわからないように小さく小さく出ているのだった。装丁はこれ以上はないというくらい地味で、目立ちたくない、誰にも見いだされなくていい、とでも言っているかのようだった。誰にも読まれなくても別にいいんだけど、という投げやりな雰囲気が、本の全体から漂っていた。しかも二百ページにも満たない厚さなのに、二千円もする。

わたしは躊躇《ちゅうちょ》した。買おうかどうしようか迷い、はたと気づいた。いま財布の中には千円札が一、二枚しか入っていない。飲み会で使ってしまったのだ。小銭までかき集めれば買えないことはないが、帰りにコンビニで明日の朝食を買わなくてはならなかったし、万が一終電に乗り遅れたときのことを考えると、やはり今日はやめておいたほうがいいだろう。

わたしは本を棚に戻し、代わりにダイエット特集をやっているアンアンを買って帰ろうと、雑誌売り場に向かおうとした。そのときだった。

「その本、買わないんですか？」

知らない女の人が突然話しかけてきた。

「えっ？　……あ、いや……」

咄嗟《とっさ》のことで、何と言えばいいのかわからなかった。

「買えばいいのに」

その人はちょっと怒ったような口調でなおも言った。

「どうして？」

「迷ってたでしょ。だから」

さっきから観察されていたのかと思うと、少しムッとした。

「あなたはこれ、読んだの？」

彼女はそれには答えずに、なぜかもじもじした。

「そんなにおもしろいのかしら」

「まあね」

「ふーん」

わたしはもう一度本を手に取って眺めた。書き出しを読んでみる。彼女がじっとわたしを見つめているのがわかる。何なんだ、こいつは。もしこれが真っ昼間の本屋で、酒が入っていなかったら、さっさと無視して通り過ぎたことだろう。わたしはページをめくる。読みやすい文章ではない。ごつごつしてて、独特のリズムがあって、でもとてもわかりやすい言葉で書かれている。しらふの時なら、もっと楽に読めるだろう。

「わかった。買うことにするわ」

そう言って顔を上げたときには、もう彼女はいなかった。別の売り場へ移動していく背中が見えた。なんだ、と思ったが、わたしは明日の朝食とアンアンをあきらめて本をレジに持っていった。

外に出ると、雨が降りはじめていた。地下鉄の駅まで駆け出そうとするわたしに、傘をさしかけてくれる者があった。

「あ、さっきの」

「駅までどうぞ」

「ありがとう」

気がついたらわたしは、見知らぬ人と、ひとつ傘の下に入って、歩き出していた。そうすることが少しも不自然でないように感じられたのは、彼女のやり方がまったく自然で、押しつけがましいところが微塵《みじん》もなかったせいだろう。

インディゴブルーのジーンズに洗いざらしの白いコットンシャツというさりげない着こなしがこれほどカッコよく見えるひとに会ったのは初めてだ。化粧っ気もなく、指輪もネックレスもピアスもしていないのに、どうしてこれほどエレガントに見えるのだろう。わたしよりも小柄で華奢《きゃしゃ》な体つきなのに、ひとつ傘の下で並んで歩いているとすうっと寄り添いたくなるような安心感があった。

彼女は駅までの短い距離を、決してわたしが濡れることのないように気を遣って、先ほどと同じようにじっとわたしを見つめながら歩いた。その視線は少しも不快ではなかった。それどころか、彼女に見つめられていると、胸がどきどきした。これまでの人生でこんなふうに誰かに見つめられたことは一度もなかったような気がした。もっと駅が遠ければいいのに、とわたしは思った。

駅に着くと、彼女は初めてにっこりほほ笑んで、

「どこまで帰るんですか？」

ときいた。

「学芸大学」

「駅から何分？」

「十分くらいかな」

「じゃあこれ、持ってってください」

彼女はあっさりとわたしに傘を差し出した。

「え、そんな、いいです」

わたしは慌てて辞退した。だが彼女は、自分には電話をすれば迎えに来てくれる友達がいるから、とか何とか言って、強引にわたしに傘を握らせた。そのとき触れた彼女の手のやわらかさがわたしの手のひらにいつまでも残っていた。

「でもどうやって返せばいいかしら」

「あの本屋に今度来るとき教えてくれれば、取りに行きます」

「じゃあ連絡先を書いてください」

わたしは何か書くものを探したが、あいにく何も持っていなかった。仕方なくたった今買ったばかりの本を差し出したが、ペンがない。彼女のほうでもバッグの中を漁《あさ》っている。

「これしかなくて」

そう言って口紅を渡すと、本のカバーにではなく、表紙の次の、ふつうサインをする場所に十桁の電話番号を書き、その下に子供のような字で名前らしきものを書き添えた。

終電のなかでわたしは、左右にうねる血痕のような赤い文字が、山野辺塁と書かれていることにようやく気がついた。

2

「塁って、一塁二塁の塁でしょ。野球が好きなの？」

「父がね。昔、選手だったみたい」

「プロ野球の？」

「うん。九カ月でやめたらしいけど」

「じゃあ、山野辺塁って、本名？」

「そう。変な名前でしょ」

　わたしたちは初めて会ってから三日後に、俳優座の地下のバーで酒を飲んでいた。青山ブックセンターの前で傘を返し、お礼にここへ連れてきたのである。わたしは彼女にたずねられるまで、自分からは小説の感想を述べなかった。彼女の小説から受けた印象より、彼女自身から受けた印象のほうがはるかに勝《まさ》った。あの小説は好きではないが、彼女には魅力を感じている。あのような小説をもう一度読みたいとは思わなかったが、彼女にはもう一度会いたいと思った。

「いい名前だわ。川島とく子のほうがずっと変だわ」

　塁ははじめわたしのことを年下らしく「川島さん」とか「とく子さん」と呼んだ。それがやがて「とくちゃん」から「クーちゃん」になり、さらに変形して「クーチ」と呼ぶようになったのは、もっとずっと親愛の情が深まってからのことである。

「川島さんは、結婚しているの？」

「たぶん結婚することになるんじゃないかな。今の彼と」

「ああ、そう。いるんだ」

　塁は何気なさそうに言ったが、その顔を見てどきっとした。ひどく傷ついて今にも泣き出しそうな顔をしている。わたしは自分がとんでもなくひどいことを言ってしまったのかと思った。

「するかもしれないし、しないかもしれない。腐れ縁ていうのかな。もう恋愛感情なんてとっくに卒業しちゃって、友達というか兄弟みたい。学生時代から十年もつきあってるのよ。そのあいだにはお互い、何回か恋愛も経験してるし。でも結婚するのはやっぱり喜八郎《きはちろう》かなあって気がするのね。それだけのこと。喜八郎って彼の名前。笑えるでしょ」

　わたしは慌てて、言い訳みたいに卑屈に言った。

「あなたは？　恋人いないの？」

「そんな面倒なものはいないけど、好きな人なら最近できた。まだ片思いだけどね」

「へえ。どんな人？」

「すごくきれいな年上の女の人」

塁はそう言って悪びれもせずまっすぐにわたしを見つめた。わたしはたちまち有頂天になった。

「女の人が好きなの？」

「男とか女とか、あんまり関係ないと思うけど」

「それもそうよね。うちの会社にもゲイの男の人いるし。もう一軒行こうか」

とっくにもう目で好きだと言われているのに、欲の深いわたしは口でその言葉を言わせたかった。わたしたちは三軒ハシゴし、朝まで飲んだ。塁はずっと目だけでわたしを口説き続けた。それは吸い込まれていきそうな茶色の目だった。でも角度によっては緑色にも見える。なんて不思議な色だろう。その目をじっと覗き込むと、透明な湖面に顔を映すようにくっきりとひとつの情念が見て取れる。

それは恋としか呼びようのない、不自由で理不尽な強い感情だった。この人はわたしを好きになりかけている。いや、もうとっくに好きになりすぎている。痛々しいほどそれがわかる。これほど正直で不器用な人間は見たことがない。男の人にこんなにあからさまに見つめられたら気持ち悪いが、彼女だとどんどん気持ちよくなっていくのはなぜだろう。こういう場合男の目的はセックスだけだが、女の視線にはそんな露骨さがないからだろうか。それとも彼女の瞳があまりにも澄んでいたために、そこに映っていたのはわたし自身の情念だったのか。

最後の店を出るとき、そういえばちょっと思い出した、というノリで、

「小説読んだ？」

と塁が言った。わたしは少し飲み過ぎていたのだろう。正直に、あまり好きにはなれなかったと言ってしまった。すぐにそれを後悔するほど、塁は傷ついた表情を隠さなかった。

「ごめんね。気にさわった？」

「べつに。あれを好きだという人は、わたしはあまり好きじゃない」

「あなたにはもっといいものが書けると思うわ」

「あんた編集者のつもり？」

その言葉にわたしは凍りついた。彼女の目には得体の知れない憎悪と、もはやどうにもならないほどにふくれあがった思慕の念が入り混じり、せめぎあって、ぎらぎらしていた。寸前まで恋の予感に舞い上がっていたわたしに冷水を浴びせるふたつの茶色い瞳。こういう瞳の持ち主には慎重にものを言わなければならないことを、わたしはその瞬間から学習した。ジーンズのポケットに両手を突っ込んで、うっすらと明けそめた空を仰いで、塁は路上に屹立《きつりつ》していた。その恰好のいい立ち姿は細く長く空へと伸びていく、ひとすじの煙のようだった。よるべがなく、実在もない、火葬場の煙のようだった。思慕しているのは、わたしのほうだと気がついた。

「タクシー代あげる。遠くまで帰るんでしょ」

「いらない」

「始発を待つの？　うちに来ない？」

わたしはもっと塁と一緒にいたかった。誰かと一晩飲み明かしても疲れを感じなかったのは、学生時代の喜八郎以来のことだ。

「行けばどうなるかわからない」

「どうなってもいいじゃない」

誘っている。このわたしが、女の子を誘っている。これまで男の人にしつこいくらい誘われなければ交際する気になれなかった、このわたしが？

「キスしてもいいの？」

「女とキスしたことくらいあるもの」

「本当に？　本当に？　本当に？」

塁は子供のように目を輝かせて何度も叫んだ。でもそれは嘘だった。見栄を張ったのだ。

「誰だってあるわよ。あなたはないの？」

「ほっぺたにじゃないよ。本物のキスだよ」

「舌だって入れたわ。あなたはどうなの？」

「鼻の穴に入れたんじゃないの？　ここに舌入れるのが本物なんだよ」

塁は六本木の交差点でいきなりわたしのおでこに自分のおでこをくっつけて、キス体勢を取った。ギャラリーの数は申し分なかった。すぐ近くで白人男性と日本人女性のカップルがかなり濃厚なキスを見せびらかしており、わたしはあのカップルのキスより自分たちのキスのほうが目立つだろうという自信があった。

深呼吸して、目を閉じて、塁のくちびるを待ち受けた。と、そこへいきなりチューイングガムが口の中に差し込まれたのである。年下の、まるで弟のような女の子にからかわれて、悔しくて、恥ずかしくて、顔から火が出そうだった。

タクシーの中で、塁は黙りこくっていた。わたしを見ようともせず、窓の外ばかり見ている。すごく緊張しているのがわかる。わたしは何とかしなければと思う。

「ガムを捨てたいんだけど、包み紙ある？」

塁はポケットをがさごそやって、包み紙をくれた。そして自分でひとつ食べた。

「ガムもうひとつある？」

「ごめん。これが最後だった」

塁はさっきと同じ目でわたしを見た。わたしをからかった悪ガキをこらしめてやろうと思い、まったく同じ目で見つめ返した。すると塁はもう我慢できないというように体を傾け、顔を寄せて、嚙んでいるガムをわたしの口の中に入れるために唇を近づけてきた。

ガムの味なんか覚えていない。わたしはいっぺんに溶けてしまった。

運転手さんの視線も気にせずに、塁はゆっくりと、何度も、キスをした。

こんなにも皮膚がうずうずとしてくる、何度でもしたくなるキスは初めてだった。

日照りのあとの雨降りのようにやさしく、塁の肌がわたしの肌にしみこんできた。当たり前だけれど、男の肌と全然違う。しっとりとなじみ合う。裸でくっついているだけで、何もしなくても、じゅうぶんに気持ちいい。何もしなくてもいいのに、塁の手と舌は動きをやめない。撫でるように舐めたり、舐めるように撫でたり、嚙んだり、吸ったり、爪を立てたり、あらゆることをして十本の指とひとつの舌はわたしの体じゅうの性感帯を目覚めさせてゆく。人間の体というものは、なんと淫らにできているのだろう。

ペニスを、精液を、そういったものをもたぬからだを、これほど性的に美しいと思ったことはなかった。つよく猛々しいものがわたしのなかに入ってくる。それを待ち受けるのがセックスだと思っていたわたしは、そうではないのだと、ただ突かれることがその繰り返しが女のよろこびだと信じていたわたしは、その愚かさに生まれて初めて気づいたのだ。

この子は、ただセックスのことだけ知ってしまった子供なんだ、ベッドの上で、さまざまな女たちから愛されて、あのことだけに熱中して生きてきた、純粋培養された子供なんだ。わたしはそう思った。

「ねえ、こんなこと誰に教わったの」

「たった今、自分で覚えたんだよ」

「うそつき。わたしで何人めか言いなさい」

「女の人は初めて。男の人にされたことを生かしてるの」

わたしは少々こんがらがってしまった。塁のことは真性の同性愛者かと思っていたけれど、バイセクシュアルだというのだろうか。

「男と女とどっちが好きなの？」

「どっちも好きだし、どっちも嫌い」

「つまりその、セックスに関しては？」

「あなたとするのが一番好きみたい」

お世辞でも嬉しかった。しかし、彼女に愛撫の仕方を徹底的に教え込んだ人物がどこかにいるのかと思うと、焦げつくような嫉妬を感じた。

わたしは塁のテクニックに参ってしまったのではない。彼女のひたむきさに打たれたのだ。塁はとてもせっぱつまった、次の機会などないような、余裕のない抱き方をした。求め方が切実で、無我夢中でわたしの体にむしゃぶりついてきた。貪《むさぼ》り、溺れる、という言い方こそふさわしい。若い人間の健全な性欲、というよりは、肉食動物が生死にかかわる食欲を満たしているような趣があった。

次の日は日曜日だったので、わたしたちは夕方までベッドの中にいた。

午後一時頃電話が鳴ったが、わたしは受話器を取らなかった。塁がわたしの全身を舐めつくしている最中だった。留守電にしてあったがメッセージが吹き込まれることなく電話は切れた。わたしにはそれが誰だかよくわかっていた。

二時頃にも電話が鳴った。わたしの中に塁の指が入っていて、ゆっくりと掻きまぜているところだった。この上もなく濡れた声を出してしまいそうで、受話器を取るわけにはいかなかった。

三時に電話が鳴ったときには、塁がわたしのおっぱいを口に含んだまま寝息を立てていたので、起こしたくなくて受話器を取らなかった。すると今度はメッセージが入った。

「俺だけど」

今日会うはずだった喜八郎が、むっとした声を出している。汗で湿った塁のさらさらの髪を撫でながら、これは浮気になるのだろうかと考えた。彼に対する罪悪感はあまり感じなかった。わたしと彼は月に一度か多くて二度くらいしか会わないが、会ってもほとんどセックスはしない。若い頃にさんざんしたから、今さらそんな気になれないのだ。

「またかける」

手短にそれだけ言って切れた。塁は目を閉じたままわたしの股のあいだに自分の股を絡ませて、ぎゅっと挟みこんだ。

わたしたちは暗くなるまで何も食べなかった。互いの体しか食べなかった。とはいっても、この最初の日は塁が一方的にわたしを貪り、わたしは彼女の与えてくれるものを受け取るのに夢中で、返礼ができなかった。わたしはやはりまだ恥ずかしかったのだ。

「ごめんね。どうすればいいかわからないの」

「何もしなくていいよ。してあげるほうが好きだから」

「おなかすかない？　何か作ろうか」

「何もいらない。これだけでいい」

塁はわたしのおっぱいに齧《かじ》りついて、赤ん坊のようにちゅうちゅうと吸った。なぜか胸が掻きむしられるような、熱い気持ちがこみあげてきたが、わたしのほうは限界だった。

「おなかがすいて死にそうなの。外へ食べに行こう」

塁はわたしを見つめながら商店街を歩いた。わたしも見つめた。女二人が手をつないで、見つめあって歩いていると、振り返る人が何人かいた。

「わたしたち目立つのかしら」

「エロスが漂っているのかも」

「もし塁が男だったら、わたしと結婚してくれる？」

「わたしは誰とも結婚なんかしないよ」

思いがけず強い口調で言われて、少し傷ついた。

「どうして？」

「戸籍制度そのものが、天皇制を存続させるためにあるんだ、だから自分は結婚というものはしないんだって、孕《はら》ませた女に大まじめな顔して言ったバカな男がいたんだって。

誰かの受け売りだと思うけど。別にわたしのことじゃないけどね」

「あなたもそういう思想の持ち主なの？」

「あいにく思想と現金の持ち合わせだけはないんだな」

「子供はほしくないの？」

「わたしがこの世で一番嫌いなものは、野球と爬虫類と人間のガキでね」

「一生ひとりで、さびしくないの？」

「家庭を作ればもっとさびしくなるんだよ。家内安全？　吐き気がするよ」

吐き捨てるように言うと、塁は焼き肉屋の前で立ち止まった。どうやら焼き肉が食べたいらしい。わたしは塁を中へ誘った。わたしたちはしばらく黙り込んで、カルビを焼いた。

「塁は強いんだね。わたしは弱い人間だから、ひとりでは生きていけない」

熱燗を二合空けたところで、わたしは話を蒸し返した。

「キハチローとでもイチローとでも結婚すればいい。今日のことは忘れてもいい」

「ひどいこと言うのね。わたしは塁と暮らしたくなったのに」

「駄目だよ。わたしは人とは暮らせない」

わたしは山野辺塁のプライバシーに関するデータをほとんど何もインプットしていないことに気がついた。家族のこと、生まれ育ってきた環境、人生観。ゆうべ一晩中飲んだのに、わたしはずっと自分のことばかり話していたのかもしれない。そして今日は一日中抱き合っていた。わたしは今さらのように自分を恥じた。

「どうして?」

「わたしすごくわがままだから、きっとあなたに嫌われる」

いじけた犬を思わせる独特の目つきで、塁は焼き網の上の肉片をじっと見ている。傲慢にワルぶっていたかと思えば急にしおらしく尻尾を振る。ついさっきまであんなにいやらしい顔つきでわたしを舐めまわしていたばかりなのに、きよらかな少年のような涼しい目で肉を裏返し、わたしの皿にのせてくれる。

塁を見ていると飽きなかった。塁は基本的には無口で、時々わざと悪態をつくほかはもの静かな血統書つきの犬のようだ。言葉をしゃべらなくてもその繊細な表情を見ているだけで気持ちを読み取ることができた。わたしはわけのわからない熱で体じゅうの隙間が満たされていくのを感じて、彼女の広い額に垂れかかっているさらさらの髪をそっと撫でてかきあげた。

「母親ぶらないでよ」

と言いながら、塁はそういう仕草が満更でもなさそうだった。

「だってあなた十九歳でしょう。わたしもうすぐ三十よ」

「あれはウソ。本当は二十四歳」

焼きあがったタン塩にレモンを絞りかけながら、けろりとして塁が言った。

「ええっ!　五つもサバよんだの?」

「でもあの小説を書いたときは十九歳だったよ。発表が遅れただけ」

「ちょっとそれ、詐欺《さぎ》じゃない？　あの帯を見たら誰だって現在の作者が十九だと思うわよ。『おそるべき十九歳・衝撃の処女作』なんてさ」

「出版社に言ってくれる？　わたしのせいじゃないね」

「てっきり大学生かと思っていたわ」

「あいにく高校中退でね。教養ないの。カフカとカミュを時々間違える」

「わたしだって、ドストエフスキーのこと、長いあいだドフトエフスキーだと思ってた」

「ジャン・ジュネなんて読んだこともない」

　このひとはベッド以外の場所では、いくぶん自虐と加虐の傾向があるようだ、とわたしは思った。それでも塁にどんどん惹かれてゆくのをとめることはできなかった。

　男とか女とかは関係なかった。このひとならわたしの孤独を埋めてくれるだろうとか、そんな計算が働いたわけでもない。塁の小説の理想的な読者であったわけでもない。ただ、痛々しいほどピュアな魂のかけらにほんの少しでも触れてしまったら、わたしはそこから目を背《そむ》けることはできないのだ。めったに出会えないそういう相手とひとつ傘の下に入ってしまったら、どこまでも寄り添っていきたくなるのがわたしの性格なのだった。

3

このようにしてわたしは、山野辺塁とつきあうようになったのである。

三鷹のはずれに住んでいる塁は、週末になると一時間半かけてわたしのアパートに泊まりに来るようになった。平日は自宅で小説を書いているようだったが、わたしたちは互いの仕事のことについてはほとんど話したりはしなかった。

「一度くらいお部屋を見せてよ」

といくら言っても、

「あそこは仕事場だから誰も入れない」

と断られた。彼女は毎週のようにわたしの部屋にやって来るのに、わたしのほうはまだ一度も彼女の部屋に足を踏み入れたことがないのだから、考えてみればおかしなものだ。

渋谷の会社にかようのに便利なのと、日当たりのよさで決めた1DKのアパートに、わたしはもう七年も住み続けている。大きな通りからは一本はずれた住宅街に建っているために騒音はほとんどなかったし、八畳の洋室と六畳のDKという広さのわりに家賃が相場より安めなのも気に入っていた。わたしはなるべく自炊するようにしているのでキッチンはある程度広くなくてはならず、女も三十に近くなると洋服も雑貨もそれなりに増えて収納のしっかりした間取りが不可欠になり、とてもワンルームマンションの牢獄のように狭苦しい部屋には住めないのだ。それにわたしはユニットバスを使うくらいなら銭湯へ行くほうがましだと思っている人間なので、トイレとは別々になっているタイル貼りの清潔な浴室に小さくても体を沈めることのできるバスタブがついているのも有り難かった。

「ここはとても居心地がいいね」

と、塁も初めてここに来たときから言っていた。

「ずっと、ずうっと、いたくなる」

「いてもいいのよ、ずうっと」

これまでつきあってきた男たちにも必ず同じことを言われたが、わたしは誰もこの部屋に入り浸りにはさせなかった。合鍵を渡したこともない。ずるずるとなし崩しに同棲という形にもっていかれるのがいやだったのだ。わたしはひとりの時間を大切にしていた。ひとりで本を読んだり、ビデオを見たり、恋人にメールを書いたりする時間が何よりも好きだった。ずっとこの部屋にいてもらいたい、同じ空間でいつも同じ空気を吸いたい、と思ったのは塁が初めてだった。でも塁はそこにつけこむことなく一線を守り、日曜日の夜になると、また来週ねと言って自分の部屋へ帰っていく。

わたしたちは会えば一日中ベッドにいた。塁は週末になると飢えた状態でわたしの部屋にやって来て、一週間分の食欲と性欲を満足させて帰っていく。わたしの作った手料理を食べたあとで、わたしを食べる。会っていない平日に塁がどれほどストイックに過ごしているか、わかるような気がする。彼女はきっとろくにものも食べず、人と遊ぶこともなく、ひとりきりで部屋にこもって机の前に座っているのだろう。

だからわたしはあらかじめ彼女の食べたいものをきいておいて、それを作ってあげるようにしていた。塁のリクエストはいつも非常に具体的だった。デミグラスソースではなくトマトケチャップをかけ、鶏肉ではなくハムを使ったオムライスが食べたいとか、タレにはちみつの隠し味を仕込ませてなおかつピリ辛の冷やし中華が食べたいとか、大根の葉っぱと油揚げの具で赤味噌と白味噌の割合が七対三のおみおつけが飲みたいとかいうように。作り手としては何でもいいと言われるより作り甲斐があった。

わたしは少しでも塁を喜ばせるために料理番組を見たり、料理の本を買ったりするようになった。一通りのものは作れるが、何でもおいしいと言って食べてくれる男たちとばかりつきあってきたので、あらためて包丁を握ってみると気が抜けていると感じることがある。通りいっぺんで作ったものを塁はすぐに見抜いてしまう。うっかり結婚式の引き出物で貰った小皿に盛ろうものなら冷ややかに見下されてしまいそうで、器ひとつおろそかにできない。わたしはお給料が出るたびに少しずつ備前《びぜん》や信楽《しがらき》を買い集め、西武の地下や青山の紀ノ国屋まで足を延ばして取っておきの食材を張り込んだ。

塁に喜んでもらえると本当にうれしかった。これからはもう、ただやさしいだけの男とは物足りなくてつきあえないだろうなとわたしは思った。

雨降りのひどい日曜日の夜があった。

午後から降り出した雨は夕方になるにつれて激しさを増し、夜になってたたきつけるような土砂降りになった。台風が近づいていた。それでも帰ろうとする塁を、わたしは引き留めた。

「今夜も泊まっていけばいいじゃない」

「でも、帰らなきゃ」

「だって台風だよ。外に出ないほうがいいよ」

「猫が待ってるから、やっぱり帰る」

彼女から猫のことを聞いたのは初めてだった。

「飼ってるの？」

「かよい猫。うちの部屋の前に居着いてて、わたしが面倒を見てる。まあ外で飼ってるようなものだけど、大家さんの手前かよい猫ということになってる」

わたしも猫は嫌いではなかった。でもアパート住まいだから一度も飼ったことはない。

「野良ちゃんだったら、こんな雨の日はどこかに隠れてるんじゃないの」

「だからいつもうちの軒下に、みんなでいるんだってば」

「みんなって、何匹いるの」

「今は五匹。はじめ二匹だったんだけど、メスが子供三匹産んじゃってさー」

なんだかとても意外な気がした。自分のことしか考えていないような人間が、猫とはいえ自分以外の生き物にやさしくしている？


「猫、好きだったんだ？」

「猫なんか嫌いだよ。でも居着いちゃったものは仕方ないじゃん」

「似た者同士だからほっとけないんでしょ」

「どういう意味？」

「塁って性格の悪い野良猫みたいだもんね」

「とにかく帰る」

わたしは嫉妬した。猫に？

考えてみればわたしは塁にエサひとつ貰ったことはない。うちに来るときも手土産ひとつ持ってきてくれるわけでなく、いつも食べたいものをわたしに作らせ、たまには映画やコンサートへ行こうと誘ってもどこへも行きたがらず、セックスばかりしたがって、わたしがヒステリーを起こすとプイと出て行ってしまう。料理の味が気に入らないと口もつけないし、わたしが精魂こめて作ったものを平気で残す。仕事で疲れてるときに愛撫の途中でわたしが寝入ってしまうと、わざわざキッチンへ行ってわたしが目を覚ますまで皿を一枚ずつ割りはじめたこともあった。二人でビデオを見ているときに電話が鳴って、つい長電話になってしまったときには、電話線をひっこ抜くだけでは飽き足らず、コードをハサミで切り刻んでしまった。そしてハサミをわたしの喉元に突き付け、長電話の相手の名前をしつこく追及するのだ。わたしはふたまたをかけられるような器用な女じゃないから、喜八郎とは穏やかに切れていたが、塁はいつまでも疑っていて、異常なほど嫉妬の炎を燃やすのである。

それに比べれば、猫に嫉妬するくらい、かわいいものではないか。

「帰らないで」

月曜日の朝、まだベッドで眠っている塁にキスをして会社に出かけたいと思った。日曜日の夜、塁が帰ったあとで、ひとりで日曜洋画劇場を見るのはいやだった。

「今日ね、ドナルド・サザーランドのスパイ映画があるのよ。一緒に見ようよ。コマーシャルの合間にコーヒーいれたり、おやつ食べたり、イチャイチャしながら、ね？」

「でも二日も留守にはできないよ。猫がおなかをすかしてる」

「わたしと猫と、どっちが大事なの」

「猫だよ」

あっさりと断定的に言い放った。

「わたしがいないと死んじゃうからね」

「死ぬもんですか。さっさと次のエサ場見つけるわよ。野良猫ってそういうもんよ」

「わたしとあの猫たちは、もっと深いところでつながってるんだよ」

「何よ。なんで猫にだけやさしいのよ。わたしにももっとやさしくしてよ！」

「やさしくするって、どうすればいいの？」

塁は本当にわからないみたいにそう言うのだった。

「今夜は一緒に日曜洋画劇場を見て」

「あの映画は前に見たし、それに猫がおなかをすかしてる」

「今夜どうしても帰るんなら、二度と来ないで」

大人げないとは思いながら、とまらなかった。今まで塁を引き留めたことは一度もない。

「わかった。もう来ないよ」

塁は黙って服を着て玄関のほうへ歩いていった。ドアを開けたら雨の音にひるんで戻ってくるかもしれないと思ったが、彼女は傘を持ってきていないことにたった今気づいたらしく、

「傘借りるよ」

と振り返って言った。わたしたちは同時に初めて会ったときのことを思い出していた。

塁は困った顔をしてわたしを見た。

「あのとき、どうしてわたしに声なんかかけたのよ」

と、わたしはヒステリックに叫んでいた。

「どうしてって、きれいな人だなあと思って」

「作家が本屋で読者をナンパしてどうすんのよ！　一体何人の女に声かけてきたのよ！　自分の本を手に取る女を片っ端からあのいやらしい目で見つめたんでしょ！　ひっかかったのはわたしだけだった？　雨の降ってない日はどういう手を使ったのよ？」

塁はおそろしくひんやりとした目でわたしを見ていた。これ以上続けたら、どんな逆襲をされるかわかったものではないと恐れながら、それでもわたしの怒りのエネルギーはとめどなく上昇していく。

「どうしてわたしを抱いたのよ？　どうしてわたしをこんなふうにしたの？　わたしは普通に男の人とつきあって、普通に結婚するはずだったのに。わたしたちはセックスだけなの？　わたしの体にしか興味がないの？」

何て陳腐なセリフを吐いているんだろう、わたしは。塁は汚物を見るような目でわたしを見ている。塁とつきあっていると時々、自分だけが俗にまみれて、品格というものを少しずつ剝ぎ取られていくような気持ちにさせられることがある。

「クーチに会うとしたくなるんだから仕方がない」

「でも、そればっかりじゃないの。わたしは塁としたいことがいっぱいある。散歩したり、買い物したり、絵を見たり、何でもいいのよ。普通、恋人とすることって言えば、ひとつだけじゃないでしょう。いろんなこともしてセックスもするから、愛が深まっていくんじゃないの？」

「抱いても抱いても抱き足りないんだよ。肌が離れるとすぐ恋しくなる」

塁は照れもせず、悪びれもせずに言った。

「塁は性欲が強すぎるんじゃないの？」

「わからない。他の人とこんなふうになったことはない」

「男の人とも？」

「男とも女とも。誰とも。クーチだけ。こんなの初めてだよ」

言い合っているうちに塁はまた欲しくなったらしく、膝をついてわたしの太腿に頰ずりをはじめた。塁の愛撫はいつも思いがけない場所から唐突にはじまる。わたしは一瞬のうちに引き込まれてしまう。

「ねえ塁……一緒に暮らそ……いつでも好きなときにできるじゃない、ね？」

わたしは塁のうなじに舌を這わせた。回数を重ねるたびに少しずつ、ぎこちなくではあるが、わたしにも返礼ができるようになっていた。塁は無理しなくていいと言うけれど、してあげるととても喜ぶので、抵抗を感じることはほとんどなくなっていた。ただ、性器に触れることだけはまだためらってしまう。

耳たぶをそっと嚙み、両手で塁の小さな頭を抱きしめると、塁がわたしの肩からスリップの紐をはずそうとする。わたしは自分ではずして乳房を与える。塁が一番好きなものといったら、これなのだ。その偏愛ぶりはほとんどフェティシズムの域に達している。塁に夢中で吸われると、性的快感にくわえて自分が聖母になったかのような喜びが突き上げてくる。不思議なことだが、男性に同じことをされてもそんなふうに感じたことはない。

「わたしももっと努力して、塁を気持ちよくさせてあげられるようになるから」

「努力なんかしないで。自然にできることをすればいい」

「きっと毎日一緒にいれば、もっといろんなことが自然にできるようになると思うの」

「毎日こんなことしてたら、どうなると思うの」

「落ち着けば毎日なんてしなくなるわ。いくら好きでも飽きるでしょ？」

「誓ってもいいけど、わたしは飽きないいんだよ、永遠に」

「おばあさんになっても？」

「その前に、ふたりで気が狂って破滅する」

塁は体をふるわせて、突然子供のように泣き出した。声をあげて、迷子の子供のように泣いた。本気でそのことをおびえているように見えた。このひとは何がそんなに不安なのだろう。わたしは何がこんなにこわいのだろう。わたしたちは今とてつもなく幸福なのに、何でこんなにさみしいのだろう。わたしの目からも涙が落ちる。汗のようにたやすく涙がこぼれる。わたしは心臓を刺し貫かれるようにするどく思う、このひとと離れることはできない、と。

「クーちゃんが、かわいそうだ」

と、塁が泣きながら言った。

「わたしなんかに引っかかって」

　わたしは塁の背中をさすった。

「引っかけてくれて、うれしかったわ」

「一生涯、こうしていたい」

「だから一緒に住もうって」

「猫を見捨てることはできないよ」

「猫を飼えるところを見つければいいでしょう」

「五匹だよ。かわいそうにうちの猫たちはみんな痩せてるんだ。エサが少ないから」

「庭のある古い貸家。田舎に行けばきっとあるわよ」

「わたしは売れない純文学作家なんだよ」

「わたしはばりばりのキャリアウーマンよ。お金のことなら心配しないで」

　その言葉に安心したのか、塁はようやく泣きやんでいった。

　わたしはキッチンに立ち、熱くて濃い紅茶をいれた。自分のカップにはブランデーを、塁にはコンデンスミルクをたっぷり入れて、ベッドの中で二人で飲んだ。塁はこういう、死ぬほど甘い飲み物が好きだ。

「さっきはごめんね。帰ってもいいよ」

「もう三鷹への終バスに間に合わない」

「もし仕事をしたければ、わたしのワープロを使ってもいいのよ。邪魔しないから」

「この肉体がここにあることが、孤独な想念の邪魔をするんだよ」

わたしはふと、猫というのは言い訳で、本当は小説を書くために塁が帰りたがったのではないかと思った。あらためて自分が彼女のことを何も知らないのだと気がついた。

「わがまま言ったから、嫌いになった？」

「嫌いになることなんてできないよ。自分でもこわいくらい好きになってく」

「わたしのどこが好きなの」

「おっぱい。ばかなところ。理不尽にありすぎる色気」

「何それ。ちっとも嬉しくない」

　本当は何となく嬉しかった。

　わたしが日曜洋画劇場を見ているあいだ、塁は何も言わずわたしの背中やおなかやお尻や脚を撫で続けていた。時々わたしの首すじの匂いを嗅いで、いい匂いだね、と言った。この世の中でこの匂いが一番好きだよ。いつか遠い異国で野垂れ死にするようなことがあったら、きっとこの匂いを思い出すんだろうな。かぐわしい花の香りを思い浮かべるようにこの匂いを鼻先に感じて、血の匂いを忘れるんだろうな。

　そんなことを言うのはスパイ映画のせいだろうと思った。塁は虚空をぼんやりと見つめながら、声を出さずに泣いていた。首すじに雨が降ってきたのでそれがわかった。

「今夜は泣き虫ね。何がそんなに悲しいの？」

「幸福だよ、とても」

「でも泣いてるわ」

「これ病気なんだ」

「おなかでも痛いの？」

「クーチ病。惚れすぎる病《やまい》」

わたしたちはそのとき、愛の極限にいたのかもしれない。

暴風雨が窓をたたきつける音さえ、音楽のように聞こえた。

この先どんなことがあっても、何をされても、このひとを受け入れ、このひとのすることはすべて赦《ゆる》そう、とわたしは思った。

そのとき、電話が鳴って、甘い時間は断ち切られた。

「そちらに山野辺塁さんいらっしゃいますか」

男の声だった。わたしは俄《にわか》に緊張して、受話器を持ち直した。

「おりますが」

「白踏社《はくとうしゃ》の古巻《ふるまき》と申します」

塁の本を出している出版社の編集者だった。

受話器を渡すと、塁はひどく苦しげな声で、

「すみません。まだできていません」

と言ってため息をついた。こんな神妙な塁は見たことがない。

塁は真っ青な顔で受話器を置いた。

その顔のあまりの青さに、わたしは何か軽口を言わなければと思い、

「編集者から催促の電話が愛人宅にかかってくるなんて、流行作家みたいじゃん」

と明るく言ってみた。でも塁は笑ってくれなかった。

「シブい声だったね。オジサン？」

「いや、クーちゃんと同じ」

「日曜日だっていうのに大変ねえ。締め切りはいつなの？」

「五年前の夏だった」

「え」

わたしは思わず絶句した。

「長い長いスランプでね。二作めが書けない。それなのにあの人はずうっと待ってる」

わたしは初めて塁の闇の深さに触れた気がした。

そして同時に、その古巻という男に、頭がくらくらするほどの嫉妬も覚えていた。

4

塁がどうやって生計を立てていたのかは知らない。

本は細々と売れ続けているとはいえ、小説だけで食えるはずはないのだ。時々雑文の仕事があるとは言っていたが、二、三枚のエッセイではいくらにもならないだろうし、とくにアルバイトもしていないようだった。貧乏には違いないのだが、それでも貧乏臭いところはなかった。塁には生活感というものがすっぽり欠落しているようなところがあるからかもしれない。いつもラフな格好をしていたが、着こなしが上手なので、さりげなくお洒落に見える。そして何をしているときでも身のこなしがどことなく優雅なのだ。

寿司屋に連れていくと、甘海老やウニやアワビといった高いものを少しだけ食べる。有名なイタリア料理店に連れていっても、口に合わなければほとんど残す。いつでもどこでも堂々としていた。鮨の頼み方も、ワインの注ぎ方も、ウエイターへの文句のつけ方も、惚《ほ》れ惚《ぼ》れするほど魅力的だった。勘定をわたしに払わせるときのやり方も、実に見事なものだった。塁は安くておいしい店を驚くほどよく知っていて、気まぐれに御馳走してくれることもあった。そんなときわたしはどんなに幸せな気持ちになったことだろう。それが十回に一回のことで、あとの九回はわたしが奢《おご》っていたとしても、その一回を五回ぶんくらいに思わせてしまう高等技術を身につけていた。

塁はそういうのがとてもうまかった。わたしと違って、甘え上手なのだ。どんなに憎たらしいことをほざかれても、全身で甘えかかられると、メロメロになってしまう。猫と同じだ。計算なんかしない。ただ天然の魅力でこちらの心に入ってくるのだ。それだけに、振り回されるとたちが悪い。メロメロになったあとで、オロオロさせられることになる。塁とつきあっていると、メロメロとオロオロが大きな波のように交互にやってくる。

頭にくるけれど、しかしだからといってすっかり懐いてしまった猫を、どうして捨てることができるだろう。この波に翻弄されることを恋というなら、わたしはまぎれもなく女の人と恋をしていることになる。違和感がまったくないのが不思議なくらいだった。

仕事中でもふと気がつくと塁のことを考えていて、それはゆうべのセックスの反芻《はんすう》だったり、今頃何をしているんだろうと気になったりしていて、重要な会議の最中に体の奥深くを濡らしていたり、報告書の数字をミスしたりしてしまう。同僚のあいだではわたしに新しい男ができたということになっている。

「川島くんでも男に溺れることがあるんだねえ」

会社の飲み会のとき、直属の部長にしみじみ言われて、面食らったことがある。

「は？　わたし、そんなふうに見えましたか？」

「その男と結婚するの？」

こうきかれるのが一番困る。セクハラ親父め、と腹の中で罵倒しながら曖昧に笑ってごまかすしかない。

「いいえ、べつに」

「結婚できない相手なの？」

わたしはふいに悲しくなった。塁のことを誰かに話したくてたまらないのに、誰にも言えない。どんなに好きでもわたしは塁とは結婚できない。子供も作れない。一生誰にも祝福されずに閉ざされたまま生きてゆくのか。

部長それセクハラですよ、と誰かが釘をさしてくれたおかげで、この話題は立ち消えとなり、わたしは救われた。でもこのことはそれからも時々考えることになった。たとえばここがアメリカなら、ニューヨークなら、価値観の多様化した世界一の先進都市なら、上司にこんなことをきかれていやな思いをすることはないだろう。市長が同性愛を告白したり、副大統領がゲイ雑誌の表紙を飾るところでなら、塁と堂々と手をつないで、胸をはって、傘の下に隠れなくてもぴったりと寄り添いあって生きていけるのではないだろうか、と。とはいえ親の顔を思い浮かべると、もう一歩踏み込んで考えるところまではいけないのだけれども。

あの台風の日に帰りそこねてから、会うのは週末だけという彼女のルールが崩れはじめた。三鷹の自宅に帰るのが月曜日になったり、火曜日になったり、水曜日までいることもあった。わたしが会社から帰ってくると、塁が明かりもつけない部屋の中で、ワープロの前にうずくまって、真っ白な画面をじっと見つめていることがよくあった。そういうときは、わたしがキッチンで夕食の支度をしていると、必ず背後から抱きついてきて、獣のように交わりたがる。

「今日も書けなかったの?」

「クーチのせいだよ。こうすることばかり考えてしまう」

「疲れてるの。そんな気分じゃないわ」

「一日中ずっと待ってた」

「いいかげんにしてよ。わたしは一日中働いてたのよ。たまにはごはんでも作って待ってたらどうなの」

塁は鍋を足蹴《あしげ》にし、スーパーの袋に入っていた野菜を床にぶちまけた。わたしは反射的にフライパンを持って身構えた。磨き上げたナイフのような目をぎらぎらさせて、塁が床に散らばった野菜の中から大振りの茄子《なす》を一本つかんで、わたしに襲いかかってきた。何をするつもりかはわかっている。何が悲しくてそんなことをするのか。茄子のへたを齧って吐き捨て、口の端につめたい薄笑いを浮かべると、わたしのスカートの中に手を入れてきた。持っているものが茄子ではなく包丁だとしたら、一撃でわたしを刺しそうな目だった。その目に気圧《けお》されてフライパンを振り下ろすことができないでいるあいだに、ストッキングと下着が一瞬のうちに引きずり降ろされた。わたしはフライパンを握りしめたまま流し台の前に張りついていた。塁がフッと息を吹きかけると、剝き出しにされた部分がさわさわと揺れた。わたしは床に散乱したキャベツやピーマンやトマトを眺め、塁の赤い目と青い顔を眺め、その先で頼りなく生い茂っているものを眺めて、涙をこぼした。

「ばかだなあ……こんなもの入れたりしないよ」

塁は茄子を捨ててわたしの身だしなみを整え、フライパンを取り上げると、丁寧に後片付けをはじめた。わたしは立ったまま静かに泣いていた。

「恥ずかしいよ、ごめん」

塁はわたしの涙をぺろぺろ舐めた。

「にんにくある？　ペペロンチーノなら自信あるんだけど」

「冷蔵庫に」

「エクストラ・ヴァージン・オリーブオイルもあれば、言うことない」

「とっておきのいいのが、戸棚に」

「よっしゃ、まかせとき」

「鷹の爪もたくさん入れてね」

「かしこまりやした」

塁のスパゲティ・ペペロンチーノは絶品だった。麺はほどよく固く、にんにくとオリーブオイルをふんだんに使い、ぴりっとした辛みが全体を引き締めている。わたしはすっかり機嫌を直して褒めちぎった。

「何よ、料理得意だったんじゃない」

「これだけはね。昔、父親がよく作ってくれた。イタリア人に教わったんだって」

「お母さんじゃなくて？」

「母親は病気だったから、うちではいつも父親がごはんを作ってた」

塁が家族のことを話題にするのはめったにないことだった。

「お父さんって、野球選手だったんだよね。どうしてやめたの？」

「何か暴力事件起こしていられなくなったらしいよ」

「じゃあ塁の短気は親譲りだね」

「短気というより、いかれてた。弟といつもおびえてた」

弟がいることを塁の口から聞いたのはこれが初めてだ。

「兄弟は弟さんだけ？」

「うん」

「いくつ？　どこに住んでるの？」

「うるさいなあ」

塁のいつもの防御がはじまった。こっちが根掘り葉掘りききすぎると、必ずこうして線を引くのだ。誰かがもし山野辺塁をインタビューしなければならなくなったとしたら、わたしは心からその人に同情を禁じえない。

「塁のこと何でも知りたいのよ」

「ここにいるじゃない。それ以上何がほしいの？」

「わたし塁のこと何にも知らない。不安で仕方がないの」

「体じゅうのほくろの場所と、性感帯を知ってる。他に何を知りたいの？」

「たとえば、人生のモットーは？」

「お世辞は言わない、必要以上にお金を稼がない、野球は見ない、猫は甘やかさない、安物の靴は履かない、男とはきれいに別れる。以上」

「じゃあ、世界で一番大切なものは？」

「クーチ」

「あなたにとって小説とは？」

「愛のあかし」

「何への愛ですか」

「言葉への愛」

「好きな季節は？」

「夏。クーチに出会った」

「好きな天気は？」

「雨。クーチに会ったとき降っていた」

「好きな作家は?」

「山野辺塁」

「お母さんは何の病気だったの」

「もういいでしょ。コーヒーいれるね」

塁はキッチンへ逃げていった。やはり駄目だ。ガードは固い。

これ以上続けたらケンカになるだけだ。わたしは追及をあきらめた。

でも、彼女は一体何をおそれているのだろう?


塁が週に二回くらいしか家に帰らず、半同棲状態になるまでに、たいして時間はかからなかった。自宅に帰るのも、ただ猫にエサをやりに行くためだけのようだった。わたしの部屋で塁が小説を書いているのを見たことは一度もない。わたしが会社に行っているあいだに書いている様子もなさそうだった。

書けないで苦しんでいる塁を見るのはつらいことだった。わたしとのセックスに溺れて小説から逃げようとしている塁を見るのはもっとつらいことだった。白踏社の古巻という編集者からは月に一度くらいの割合で電話がかかってきた。そのたびに塁は脂汗を流しながら話をしていた。

「いつもすみません。白踏社の古巻と申しますが、山野辺さんお願いします」

その日の電話は珍しく夜の十一時過ぎにかかってきた。

「夜分におそれいります」

古巻氏はいつも礼儀正しかった。毎回思うのだけれど、この人の声には誠実なあたたかみがあって、あの塁が信頼を寄せる気持ちがわかる気がする。

「あ、彼女は今お風呂に入っているんですが」

塁はお風呂の中で読書する習慣があり、長風呂だった。

「さっき入ったばかりなので、一時間くらいで上がると思うんですけど」

「あー、そうですか。いやー、どうしたらいいかな」

電話の向こうには酒場特有のざわめきが広がっていて、古巻氏の声にもいつもよりリラックスした雰囲気があった。少しだけ酔っているようだ。

「あの、川島さん、でしたよね？」

急に自分の名前を呼ばれて、どぎまぎした。

「あ、はい」

「八時から待ってるんですけど、彼女何か言ってませんでしたか？　具合が悪くなったんじゃなければいいんですが」

「えっ、お約束だったんですか？」

「そうか、また忘れちゃったんですね」

「すみません」

なぜかわたしが謝っていた。それにしても約束の時間から三時間以上過ぎている。五年も塁の小説を待っている人は、さすが忍耐力が違う。

「彼女はよく約束をすっぽかしたりするんでしょうか?」

「僕はもう慣れてるからいいんですけど、今日はもう一人いるものですから」

「わかりました。今電話に出させます。ちょっとお待ちください」

「いいえ、伝言をお願いします。僕ら二時頃まで駅前の『K』で飲んでますから、気が向いたらおいでくださいと。もしよろしかったら川島さんもご一緒にどうぞ」

電話を切ると、わたしはいきりたってバスルームへ走った。塁は分厚いメガネをかけてルース・レンデルの推理小説を読んでいた。

「すぐ行ったほうがいいわ」

と、わたしはバスタオルを広げて言った。

「たまにはわたし以外の人間と会って話をしたほうがいいと思うの。塁は閉じこもりすぎてる」

「手ぶらでは会えない」

「とにかく約束を破るのは最低でしょう」

「行けたら行くって言ったんだよ。そういうときわたしが行かないことは、あの人わかってるはずなのに」

「もう一人いるんだって」

「誰にも会いたくないんだ。ほっといてよ」

これ以上説得しても無駄だった。塁はいやなことは絶対にしない。

「なんだか悪いから、わたしちょっと行って断ってくる」

「いいよ、そんなこと」

「古巻さんにもご挨拶しておきたいし」

わたしはこの男にかなり興味があった。塁と彼との緊密な信頼関係が、作家と編集者というラインを越えた域にまで及んでいるのではないかという思いに、わたしはたびたび苦しめられていたからである。

「古巻さんの特徴を教えて」

「ドラえもんみたいな人」

「わかった。すぐ帰るから」

『K』という店はちょっとわかりにくい路地の奥にあったので、思いのほか迷ってしまい、着いたときにはもう午前一時を回っていた。カウンターしかない小さなバーで、壁には山岳写真と古い映画のポスターが貼りめぐらされていて、ノイズの入った越路吹雪がかかっていた。偏屈そうな老人がカウンターの奥でするめを焼いていた。カウンターの一番はじっこに年代物と言えそうな古びた胡桃《くるみ》が皿に盛られてあった。その中にかがみこむようにして座っている男が、この店の唯一の客なのだった。

「お待たせしました」

耳まで真っ赤になった、ドラえもんとは似ても似つかない大男が大儀そうにこちらを振り向いた。どこかで見たことのある顔だった。この歌舞伎役者のような端正な顔立ちは、確かに知っている顔だ。

「おう、遅かったじゃねえか」

「す、すみません」

「大人を待たせるんじゃねえよ」

「申し訳ありません」

ああ、思い出した。これは小津康介だ。新聞で写真を見たことがある。すっかり泥酔しているが、あの辛口評論家に間違いない。

「あの、古巻さんは？」

カウンターのおやじにたずねると、

「タバコ買いに行った」

と、そっけない答えが返ってきた。

「おまえ、なんでもう小説書かねえんだ」

小津康介はわたしを畳だと思ってしゃべっているらしい。まだ会ったことがないからなのか、べろべろになっているからなのか、よくわからない。

「俺が褒める新人は、みんな潰れやがる。やってられんぜ」

男は崩れかかっていた。ほとんど空になりかけているボトルからグラスに半分ほど注ぎ、麦茶のように飲み干す。

「かわいい顔しやがって。鏡は捨てろ、ペンをもて」

わたしはどう返事をしたらいいのかわからなかった。

しばらく意味不明の言葉をぶつぶつ言っていたかと思うと、ガバッとカウンターに突っ伏し、苦しそうに顔をしかめて、

「がんばれよォ……がんばれよォ……」

励ますようにつぶやきながら、男は眠りの淵《ふち》に吸い込まれていった。

わたしは涙がでそうだった。

このシュプレヒコールを、塁に聞かせてやりたいと思った。

「あーあ、小津さん寝ちゃったか」

古巻氏が店に戻ってきて、小津康介に上着をかけてやりながら、わたしに会釈した。

ドラえもんというよりは、のび太くんに似ていると思った。

5

「山野辺がいつもお世話になりまして」

　わたしは保護者のような口をきいていた。保護者というより、これは妻か。無意識のうちにライバル意識を燃やしていたのかもしれない。

「彼女はお宅に入り浸っているようですね。いつも電話で失礼しました」

　古巻氏の顔はその声のように温厚そのものだった。つねに穏やかな笑みを絶やさず、相手に自然と安心感を与えるような話し方をする。

「今日は鬱《うつ》がひどくて来られないんです、彼女。ごめんなさい」

「よくわかっています。ただ、やっと小津さんをつかまえることができたものですから」

　カウンターに突っ伏して鼾《いびき》をかいている小津康介を気遣って、わたしたちは小さな声で話をした。

「すごくシャイな人でしてね、なかなか会ってくれない。それに小津さんの信条として、作家とは酒を飲まない。一度でも飲んでしまうと潔《いさぎよ》く悪口を書けなくなるらしいんです。

傾倒している作家に対しては特にそうです。とても潔癖な人なんです。それを彼女が追いかけ回した。あの書評を読んで、どうしても会いたくなったそうです」

「彼女らしいですね」

「小津さんは逃げ回った。本能でわかったんじゃないかな、彼女が危険な動物だって。でも根がいい人なものだから、名もない出版社の編集者を邪険にはできなくて、僕とは会ってくれたんです。昼の三時からずっと飲み続けてるんですよ。ここはもう何軒めだろう。飲まないと人と話ができないほどシャイなんですね。彼女に会ってくれるかどうかは最後までわからなかった。僕はただ一言、彼女を励ましてもらえればよかった」

「わたしのこと塁だと勘違いして、励ましてくれましたよ。独特のやり方で」

「普段はとても紳士なんですが、酔うと人が変わるんです」

「でも、ぐっときました。塁を連れてくるべきだったわ」

越路吹雪が終わったので、おやじはレコード盤を取り替えた。無造作に積み上げてあるコレクションの中から一枚を選び、スプレーをかけて神経質に汚れを拭き取ってから、恭《うやうや》しくプレーヤーの上に載せて針を落とした。今度はハイドンのコンチェルトだった。

古巻氏はするめにマヨネーズをつけて齧りながら、ゆっくりとジントニックを飲んでいる。わたしはエッグ・ノックというカクテルにした。栄養がありそうだという理由で塁がいつか飲んでいたのを思い出したのだ。この店は黒板に飲み物の一覧が書いてあるのだが、どれもこれも一昔か二昔前の値段としか思えない。カクテルが三八〇円くらいからある。狭い流しで不器用に氷を砕いている無愛想な老人が、浦島太郎のように見える。

なかなか味わいの深い店だった。音楽の趣味も悪くない。塁の好きそうな店だ。古巻氏はもう何度も塁とここに来ているのかと思うと、じわじわと妬《や》けてきた。

「僕がこんなこと言うのも変かもしれませんが、川島さんには感謝しているんです」

「どうしてですか?」

「あなたがいなかったら、彼女はもっとつらい状況になっていたと思います」

この男は知っているのだろうか。わたしたちがただの友達同士ではないことを。仲良しこよしは何だか怪しい、と井上陽水が歌っていることを。

「でも、書けないのはわたしのせいだと言われます」

「それは甘えてるんですよ」

「苦しいのはわかるんですけど、時々重たくなっちゃいます」

「すごくよくわかります」

お互い、あの性格とつきあうのは大変だと、共感の微笑をもらした。

「自分のことは何も話してくれないし」

「きっと彼女には知られたくない秘密がいっぱいあるんでしょう」

「特に家族のこととか」

「それが彼女のテーマなんです。書いて克服するしかない」

わたしは一杯だけ飲んだら帰るつもりだった。あまりゆっくりしていては塁に疑われてしまう。彼女がいらいらして電話をかけてくる前に帰らなければ、あとでどんな言いがかりをつけられるかわかったものではない。

するとと古巻氏がまるで見透かしたように、

「そろそろ帰ったほうがいいですね」

と言った。

「古巻さんは塁のことを本当によくおわかりなんですね」

「長いつきあいですから」

「これからも塁のこと、よろしくお願いします」

わたしが立ってお辞儀をすると、古巻氏も立ち上がった。

「お願いしたいのは僕のほうです。不愉快なこともいろいろあるでしょうが、川島さん、どうかこらえてやってください」

「なぜ、そんなことを?」

「僕にはもう何もしてあげられない。本を出すことしか。書くのは彼女自身ですが、そのための生命力を彼女に与えてあげられるのは、あなただけなんです」

「そんな、おおげさな」

「僕がこわいのは、彼女が命なんか惜しくないと思っている人間だということです」

目の前にいる男は花嫁の父のようでもあり、仕事熱心な編集者以上の何者かでもあり、そして間違いなく一人の誠実な人間であった。彼は知っている。わたしと塁がくぐりぬけてきた夜の甘さと苦さを。ふたりの肌の離れ難いことを。女ふたりの相合い傘に漂うエロスを。

「彼女はきっと立ち直りますよ。わたしがついていますから」

わたしは力強く大見得を切った。

でも結果的にわたしがしたことは、古巻氏の期待を裏切ることであり、このときの自分自身の言葉を裏切ることになってしまった。

どんなことがあっても塁だけは見捨てない。そう思っていたのに、わたしは結局は彼女を捨てて、逃げ出したのだったから。


アパートに戻ると、塁が暗い部屋でソファに寝そべって深夜映画を見ていた。あるいは眠っているのかと顔を覗きこむと、いきなり平手打ちが飛んできた。

「何するのよバカ！」

「こんな遅くまで何やってんだよ」

塁はわたしの襟をつかんで思いきり揺さぶり、首を絞めようとした。ふざけてじゃれているのではなかった。目が本気で怒っている。

「一杯くらい飲まないと帰れないでしょうが！」

わたしの帰宅が少しでも遅くなると、いつもこうだった。塁がいるときはおちおち友達と飲みにも行けない。どんなに盛り上がっても十二時前には帰らなくてはならず、飲む相手が男でも女でも嫉妬する。一人で待っているのがいやなら自分のアパートに帰ればいいのに、わたしが外泊でもしないかと不安で仕方ないらしい。もし本格的に一緒に暮らすことになったら、息が詰まってしまうだろう。

塁は手加減もせずわたしの喉元を絞めあげてくる。だが腕力にかけてはわたしのほうが一枚上手だった。塁の腕に噛みついて組み手をほどく。

「痛いっ、野蛮人！」

やれやれ、どっちのセリフだ。噛まれて血が滲んだらしく、塁は痛そうに顔を歪めてうずくまってしまった。

「見せてごらん。舐めてあげる」

プロレスのあとで傷を舐めあうのもいつものことだ。そうしているうちにだんだん興奮してきて二回戦はベッドへと移行するのが常だが、今夜はちょっと様子が違った。

「時々殺したくなるでしょ、わたしのこと」

「まあね」

「殺したっていいんだよ」

「殺人犯になるのはごめんだわ」

「死体遺棄さえうまくやれば、絶対に発覚しないよ。わたしがいなくなったところで誰も捜索願いなんか出さないから」

「古巻さんがいるわ。それに親だっているじゃない」

「古巻さんには長旅に出ると言えばいいし、親とは縁が切れているから大丈夫」

そんなことは初耳だった。塁は勘当でもされているのだろうか。

「クーチに殺してもらえたら最高だなあ。ね、計画を練ろうよ」

気のきいた悪戯《いたずら》を考えついた子供のように目をらんらんと輝かせて、塁が膝を乗り出してきた。彼女がふとした隙間に垣間見せる、何かに憑かれたような目だ。わたしのおっぱいを吸っているときにこの目をされると、わけのわからないせつなさで胸の下のあたりが痒いような痛いような気がするほどだが、今は違う。抑え難い怒りと悲しみがこみあげてくる。

「あんたそんなに死にたいの？　わたしをひとりにしてもいいの？　そんなにひとりで充足しているわけ？　それなら何のために抱くのよ？　あんたなんか野良猫と同じなんだからさ、死ぬときは姿を消して、わたしの目の届かないところで勝手に死んでちょうだい。あの猫いつのまにかいなくなったけど、どうしているだろうって、ずっと思わせ続けるだけの誇りくらいもってよね」

「何、絶望してんの。古巻に何か言われたの」

塁が白けたような声を出したので、わたしは逆上した。

「エサをやってた野良猫が居着いて、手術してないからどんどん子供産んで、二匹が五匹になり、五匹が十四匹になり、そうやって毎年毎年はてしなく増え続ける。今のわたしの気持ちってこんなもんよ。わたしの中であんたがどんどん増殖していく。あんたがわたしを食いつぶしていく。あんたは奪うばっかりで何も与えてくれない。もういや、耐えられない。とっくに許容量を超えてるのよ！」

「別れたくなったら、そう言ってよ」

「言えば別れてくれるわけ？」

「そうか、やっぱり別れたいんだ」

「そんなこと一言だって言ってない」

「キハチローとよりを戻して結婚したくなった？」

「彼のこと呼び捨てにしないでよ」

この言葉は思いのほか塁を傷つけたようだった。打撃の色が彼女の目の中に広がった。かなり辛辣《しんらつ》なことも平気で言い合う仲なのに、こんな言葉ひとつであっけなくダメージを受けてしまう脆《もろ》さが塁にはある。

「その男がそんなに大事なんだ？」

「一応、青春を共にした男ですから」

よせばいいのに、わたしは決定打を放ってしまったようだ。塁は噛みついてくるかと思ったけれど、しおたれて深く悲しんだだけだった。

「そんな言い方をされると、勝ち目がないという気がする。あらかじめ何かを失っているような」

「なんちゃって。そんなカッコいいもんじゃないか」

「わたしは何。中年期を共にする女？」

「老後まで一緒にいる女、かな」

「わたしが青春を共にしたかった。生まれてぐるのが遅すぎた」

塁はくやしそうにため息をついた。ああ塁、そんなに貪欲にわたしを愛しすぎないでほしい。あまり愛されると、幸福を通り越して不安になってしまう。

「同年代の女のほうがよかった？」

「ううん。年上の女の人が好き」

「甘ったれだもんね。うんと年上がいいんでしょう」

塁を見ていると、極端に母性愛に飢えて育ったのだということがよくわかる。この情緒不安定の厄介な性格を形成するために、それでは父性愛のほうはいかなる影響を与えたのか、わたしにはまだわからない。いずれにせよ、足りなかったに違いない。

「覚えておいてね。クーチが結婚するときは邪魔しないから」

「覚えとくわ。でも塁がいるから、しない」

「したいのなら、いなくなってあげる」

「喜八郎とは別れたと言ってるでしょう」

「さっき電話がかかってきた」

「えっ」

びっくりした。うちの電話の受話器は取らない約束になっていた。

「留守電にしゃべってる声を聞いただけだよ」

電話を見ると確かにメッセージランプが点滅している。わたしは不意をつかれてうろたえ、表情を取り繕うことを忘れていたかもしれない。

「聞いてみなよ」

彼女の前で彼の声を聞く度胸はなかった。塁は意地悪そうに口の端に薄笑いを浮かべている。本当に何という性格をしているのだろう。

「緊急の用件かもしれないじゃん。早く聞いてみなよ」

「あとで聞くわ。もう寝ましょう」

「今、ここで聞くんだよ」

塁はいきなり再生ボタンを押そうとした。わたしは反射的にそれを止めようとして、はずみで別のボタンを押してしまった。あいにくとそれは消去ボタンだった。

「バーカ。わたしのせいじゃないよ」

憎々しげにつぶやいて、塁はさっさとベッドにもぐりこんでしまった。

シャワーを浴びながら、喜八郎はなぜ今頃電話なんかしてきたのだろう、どんなメッセージを入れたのだろうと気になって仕方なかった。塁にきくのもためらわれた。もしかしたら嘘かもしれない。わたしにカマをかけただけかもしれない。だからこちらから喜八郎に電話するのもためらわれた。腹が立って腹が立って、ひとつベッドに眠るのさえ癪《しゃく》にさわったが、ソファで寝ると腰を痛めるので、塁に背を向けてベッドに入った。寝息を立てていると思っていたのに、塁はいつものように暗い中でわたしの体をまさぐってきた。その指が熱い。吐く息もすでに濡れているのがわかる。

「いや。さわらないで」

今夜はとても興奮しているようだ。わたしはそんな気分にはなれなかった。

パジャマを脱がせようとする塁と、それをさせまいとするわたしが、闇の中で弾けあう。

「したいよ」

もうがまんできないというように、塁が泣きそうな声で言う。

「わたしはしたくないの」

今夜だけは思い通りにはさせないという決意をこめて、冷たく言う。塁はわたしの腰に縋《すが》りついてきて、パジャマの上から湿った情念を吹き込もうとする。わたしは彼女の顔を引っ掻いて拒絶する。

「あっちへ行って。ソファで寝て」

塁はわたしの髪の毛をつかんで無理やりにキスしようとする。夢中で差し込んでくる舌を噛んでわたしはあくまでも拒絶する。塁がわたしの髪の毛を引っ張ってなおも首すじを吸おうとするのを、わたしは殴って拒絶する。たびたびの暴力にひるむことなく、今度はわたしの足首をつかみ、足の指をしゃぶろうとする。わたしは塁の顔を蹴飛ばして拒絶する。突然、塁が動かなくなる。

「どうしたの？　……ごめん、痛かった？」

電気をつけると、塁が鼻血を出してかがみこんでいた。切れた唇の端からも、額の引っ掻き傷からも血が出ている。結構な量の血がシーツにしみを作っていた。わたしはぎょっとして、すぐに止血と消毒をしてやった。

「ごめんね、ごめんね、ごめんね」

顔じゅうの傷を舐めてやり、塁を力いっぱい抱きしめた。

「おっぱいを吸わせて」

満身創痍《まんしんそうい》になりながら、塁はようやく思いを遂げて、わたしの胸の中で眠りについた。

6

そのことがあった次の日、喜八郎が会社に電話をかけてきた。

どんなに長く会っていなくても、この男はいつも変わらない話し方をする。まるできのう別れたあとみたいに、時の隔たりを感じさせない話し方をするのだ。

「よう、久しぶり。留守電聞いたか?」

わたしは正直に、誤動作でメッセージを消してしまったことを打ち明けた。酔っていたからと嘘をついて。

「雨宮が死んだよ」

「ええっ?」

大学時代、同じサークルにいた仲間だった。卒業後も比較的仲良くしていて、釣りの好きな雨宮くんはたまに喜八郎たちを誘って釣りに出かけていた。わたしも一度だけ渓流釣りに同行したことがある。でももう三年くらい会っていない。

「釣りの最中に心臓発作を起こして、川の中で死んだらしい。こういうことってあるんだな。本人は本望かもしれんが」

「そうだったの。じゃあお通夜に行かなくちゃ」

「一緒に行くか」

「もちろん」

　突然、喜八郎に会うことになってしまった。心の準備をする暇もなかったが、でもいざ会ってみると、心の準備など必要ないほど自然に会話することができた。

　線香をあげたあとで、お寺の境内をぶらぶら歩きながら、二人でしんみりと缶ビールを飲んだ。ひとしきり死者の思い出話をし尽くしてしまうと、話題は何となく互いの生活の探り合いになった。

「仕事忙しいの？」

「相変わらず。今年は三年の担任だからさ、進路指導が大変なんだよ。生徒の就職の説明会とか、模擬試験とか、それにブラバンの顧問だろ。ほんと休みないよ」

　喜八郎は高校で英語を教えている。教師という仕事は、手を抜こうと思えばそれなりに楽にできるものらしいけれど、やる気のある人間にとっては際限なく仕事が増えてしまうものらしい。彼はもちろん情熱に溢れる後者なので、英語の教師だというのにろくに海外旅行にも行ったことがない。わたしも彼とは二泊以上の旅行をしたことがない。それでも、わたしは彼のそういうところがとても好きだった。

「おまえはうまくいってるのか」

「こっちも相変わらずね。上のほうはリストラもあるらしいけど」

大手の流通会社のマーケティング部門に腰を落ち着けてもう七年、とくに変わりばえのすることはない。毎日九時に出社して、六時には退社する。会社がつぶれる心配もないし、リスクのある仕事を任されることもない。社内の雰囲気も悪くない。お給料もそんなに悪くない。同期の女の子もまだ三分の一は独身のまま残っている。有給休暇も人並みにあるし、社員割引の特典だってある。わたしは自分の仕事に情熱までは持ち合わせていないが、充分に満足していると言っていい。

「いや、仕事じゃなくて。私生活のほう」

塁とこういうことになって、彼と穏便に会わなくなっていったときから、彼はわたしに誰かできたのではないかと思っていたようだった。これまでのつきあいのなかで、どちらかに新しい恋人ができたときにはさりげなく遠ざかっていくというのが、わたしたちのやり方だったから。

「今度はどんな男だよ」

喜八郎は屈託なくこういうことをきいてくる。だからわたしは失恋するといつも彼に慰めてもらうのだ。

男ではない、とは言えなかった。喜八郎と親にだけは絶対に言えない。理解してもらえるとは思えないからだ。わざわざ他者に告白することによって、自分にも、塁にも、不当に傷をつけたくなかった。わたしは笑って話題を変えようとした。

「おまえ、不倫してるんじゃないだろうな」

喜八郎が正面からわたしを見つめながら、少し声をひそめて言った。

「え、どうして」

「何だかすげえ色っぽくなったぞ」

「不倫すると色っぽくなるの？　してないけど」

「普通の男じゃないだろう。不倫じゃなきゃ、ヤクザか」

「まさか。どうして？」

「そいつ、悪いやつだな。おまえ苦労してるんだろう。ちょっと痩せて、やつれて見えるよ」

喜八郎は基本的に善良で凡庸な男である。塁と違って性的人間でもない。セックスの体位も二つくらいしか知らない。前戯もワンパターンで、たいてい十五分もあればすべてが終わってしまう。塁とのたっぷりと時間をかけた、変幻自在の濃厚なスキンシップをオペラだとするなら、お風呂の鼻歌みたいなものだ。そういう男が、はっとするような鋭いことを言うものだから驚いた。

「やつれて見えるなんて、いやだわ」

「いや、それがいいんだ。何ていうかその、下品なくらい色っぽくなったよ」

彼はこういうことを言う男ではなかった。それとも、以前のわたしにそういうことを言わせるだけの色気というか包容力というか、そういうものが欠けていたということだろうか。塁はそれほどまでにわたしを女っぽく変えてしまったのだろうか。

「今夜うちに来ないか」

「こんなときに何言ってるの」

「そうだな。ごめん」

「あなたこそ、同僚の国語の先生とどうなったの？」

「とっくに駄目になったよ。もう二年になるか」

「それからずっと一人なの？」

「ああ。寂しいもんだね。おまえと早く結婚しとくんだった」

喜八郎は珍しく気弱になっていた。無理もない。学生時代の友人をなくしたのだ。それは学生時代の自分をどこかに置き去りにするということだ。こうやって少しずついろんなものを失いながらでなければ前に進めない年齢になったのだ。

「結婚なんて、まだまだしたくないんじゃなかったの？」

「急にしたくなったなあ。子供もほしい。雨宮には子供いただろう。男としてちゃんとやるべきことをやったというか、自分の生きた痕跡を残して死んでいったんだよな。そういうのは単純に偉いと思うよ。生徒はかわいいけど、俺のすべてを注ぎ込めるわけじゃない。三年たったらいやでも離れていくんだよ。そしてまた新しい生徒が入ってくる。そういうのが少し空しくなってきたのかな。俺は俺のすべてを引き継ぐ人間がほしい。俺の子供がほしい」

「いつか産んであげてもいいわ」

わたしは本心からそう言った。彼の子供を産んで、塁と一緒に育てることができたら、すてきなことだとわたしは思った。

「その男と結婚しないのか？」

「先のことはわからない」

「あんまり幸せじゃないのか？」

「すごく幸せになったり、すごく不幸になったりするの」

「そういうのって、あんまり良くないんじゃないか？　人生で大事なのはバランスだぞ。ほら、蚊までおまえばっかりにまとわりついてる」

喜八郎は、わたしに群がるしつこいヤブ蚊を追い払おうとして、どさくさにまぎれてわたしの胸をさわった。缶ビールで酔っ払うほど酒に弱くなったのか。

「おっぱい、大きくなったな。服の上からでもわかる」

「少し太っただけよ」

「いや、痩せた。いい体になった」

「そんなことないって」

「ちくしょう。何でこんなにいい女なんだ」

彼がキスしようとしたが、わたしは顔をそむけた。彼は塁と違ってわたしのいやがることはしないから、みじめに自己嫌悪に陥って身をひき、男らしく謝っただけだった。塁とは育ちの良さが違う。そして欲望の分量が違いすぎる。

「たまには俺とメシでも食ってくれよな」

「いいわよ」

「すごく不幸になったときに電話しろよ。いつでも待ってるから」

「ありがとう」

わたしには彼のやさしさが少々物足りなかった。キスしたければ、すればいいのに。欲しければ塁のように、がむしゃらに血を流してでも奪えばいいのに。そんなふうに思っている自分を発見することは、意外だったが不快ではなかった。わたしは塁の毒にすっかり染まりつつあったのかもしれない。


その夜帰宅すると、塁がいなかった。

うちに帰ったのだろうと思って電話したが、留守番電話になっていた。わたしは翌日の葬儀に備えて喪服がわりのアニエスのスーツを洋服ダンスから引っ張り出してアイロンをかけ、ノーマ・カマリの黒のロウヒールにクリームをつけてぴかぴかに磨いた。それから香典袋を買いにコンビニへ行った。そうしているあいだにも何度か塁に電話をかけ続けてみたけれど、いつかけてもテープの声がぶっきらぼうに本人の不在を告げるばかりだった。その声はとても不機嫌そうで、メッセージなんて欲しくもない、とでもいうような投げやりな雰囲気に満ちていた。

「あんな応答をされたら、仕事を頼もうとしてる編集者が慌てて電話を切っちゃうんじやないの」

と、いつか忠告したことがあるのに、塁はテープを変えようとしない。

「帰ったら必ず電話して」

とメッセージを入れておいたが、その夜はついにかかってこなかった。

次の日は会社を早退して雨宮くんの葬儀に出た。学生時代の懐かしい顔が集まって、お葬式のあとでみんなで飲んだ。誰もが年相応の年輪を重ねていて、まだ結婚していないのはわたしと喜八郎だけだった。みんながそれぞれの子供の話で盛り上がっているのを、わたしたちは疎外感をもって聞き役に回った。

「キハチと川島、おまえらいつ結婚するんだ」

「ちょっと長すぎる春なんじゃないの」

学生時代からわたしたちは公認の仲であり、卒業後もくっついたり離れたりしていることは風の便りで伝わっていたので、みんながそれとなく水を向けた。

「実はきのうプロポーズしたんだが、フラれた」

サービスのつもりか、喜八郎はみんなの前でそんなことを言った。

「何考えてるんだ、川島ぁ、こんないいやつはいないぞ」

「そうよ。いつまでもあると思うな親とキハチ、だよ」

「それに命もだ」

みんなしゅんとして、誰かが泣き出した。喜八郎も目を赤くしてわたしを見ている。

わたしはトイレに行くふりをして席を立った。

塁に今日五回めの電話をかけたが、まだ帰っていなかった。うちの留守電のメッセージも確認してみたが、何も入っていない。きのうからずっといないのか。一体どこへ行ったのか。それとも、いるのにいないのか。電話にも出ずに集中して仕事をしているのか。ただわたしを避けているのか。

わたしは不安のためにいてもたってもいられなくなって、白踏社の番号を調べて古巻氏を呼び出してみた。本日はもう退社しました、という答えが返ってきた。それ以外はもう、塁につながる人間関係の糸口はなかった。

平日だったこともあり、突然の降って湧いたような同窓会は夜の九時頃おひらきになった。喜八郎がタクシーで送ると言ってくれたが、わたしは一人で電車で帰った。

お葬式のあとで、電気のついていない部屋へ帰るのは実にいやなものだった。塁がいたら塩をまいてもらえるのに、と思いながらわたしは自分で食塩をかけた。なめくじのように溶けてしまいそうな気がした。

その夜、塁の夢を見た。本屋さんの新刊平台の横で、塁がわたしの知らない女の人と話をしている。新刊はすべて塁の本で、口紅でサインが入れてある。

「またこんなキザなことして」

と声をかけると、塁は聞こえないふりをして、その女の人の肩を抱き寄せ、唇を近づけて何やら真剣に話し込んでいる。よく見るとその女の人は雨宮くんの奥さんで、黒い着物なんか着てぞくぞくするほど色っぽい。

「その人子供いるんだよ。手、出しちゃ駄目」

わたしが必死に訴えても、塁はまるで意に介さず、大胆にも着物の胸元から手を差し込みはじめる。やめなさい、と思わず叫んだが、雨宮くんの奥さんは片方の乳房をぽろりと出して、塁に与える。

「右だけよ。左はダメ」

「どうして」

「こっちはうちの坊やのだから」

雨宮くんの奥さんのおっぱいはとても大きい。塁は夢中でしゃぶっている。ぴちゃぴちゃと淫らな音がする。わたしは耳をふさぐ。なぜか身動きができないのだ。塁の手が着物の裾を割って中に入っていく。わたしは早急に着物を作らなければならないと思う。きっと塁はああしたかったんだ。店内のどこかで子供の泣き声がする。その声にかぶさるようにして、雨宮くんの奥さんがすさまじい喘ぎ声をあげる。

「ねえ、ねえ、今何本入ってるの？」

「二本」

「もう一本入れて」

「左のおっぱいもくれたらね」

「それだけはゆるして」

わたしは顔をそむけることも、目を閉じることもできない。そんなものは見たくない。それなのにここを動くことができないのだ。奥さんはたまらずに平台の上に身を投げ出す。帯をほどきはじめると、店員がやって来て、こう言う。

「ああ、そんなとこに寝ないで。やるなら立ってやってくださいよ。せっかく積んだのに」

二人は素直に立ち上がって続きにいそしむ。その脇で店員が崩れた本の山をせっせと直す。奥さんはとても能動的だ。塁のジーンズを剝ぎ取って、わたしが一度もしてあげたことのないサーヴィスを施す。塁がまるで射精寸前の少年のようなせつない喘ぎ声をあげる。本当にオチンチンが生えていて、今にも精液がほとばしり出るかのような、そういう声だ。そうか、塁はあんなふうにされることを望んでいたのかと、わたしはふるえるように思う。


目が覚めたとき、わたしは隣にあるべきぬくもりを探して、つめたいシーツを撫でさすった。疼《うず》くような嫉妬と、激しい飢餓感にさいなまれながら、塁はどこかでペニスを切り落とされた男の子なのかもしれないと思った。かつてあったペニスの記憶が、あんなにもわたしを求める性急さにつながるのだろう。夢の中で初めて聞いた塁の性的快感の極みの声が、いつまでも耳の底にこびりついて離れなかった。その声を追想しながら、わたしは何年かぶりに自慰に耽った。恥ずかしいほど濡れていた。

塁を失うのではないかという喪失の予感に苦しめられるようになったのは、その夜からだった。いや、違う。本当はもっと前から、蜜月のさなかから、出会ったときから、いつ消えるともしれない幻を見ているのだと、つねにおびえていたような気がする。このベッドで塁に抱かれたのはついおとといのことなのに、その実感がもう思い出せないのだ。夢のほうがはるかにリアルだった。わたしは嫉妬のために目が眩んで、気が遠くなりそうだった。

7

それから三日間、塁とは連絡が取れなかった。

土曜日になるのを待ちかねて、わたしは三鷹の塁のアパートへ行ってみることにした。まだ一度も行ったことはないから、まず駅前の書店で三鷹市の詳細な地図を購入する。塁の言っていた通り、大きなお寺の隣に彼女のアパートはあった。交番で乗るべきバスを教えてもらい、運転手さんに降りるべきバス停をきき、途中で何人かに道をたずねながら探し歩いた。

このあたりは畑が多く、まだ驚くほど緑がそこかしこに残っている。無人の野菜販売所にキャベツや茄子や胡瓜《きゅうり》が置かれている。「ホップステップ三鷹の農業」という手作りの看板が家並みに映えている。そういう街を歩くだけで、のどかな気分になってくる。バスは一時間に三本しかなかった。三十分近く揺られ、降りてからはさらに十分ほど歩かなくてはならない。これでも東京の一部である。ここからうちにかよってくるのは確かに大変だと思った。

目印のお寺が誰にきいてもわかったので、それほど迷わずに到達することができた。

お寺の広大な敷地の裏手に、ひっそりと隠れるようにして、塁のアパートは建っていた。たとえば、そう、ヨーロッパ地図の中で、巨大なスペインに間借りするかのように小ぢんまりと位置しているポルトガルみたいにつつましやかに。大変古く、さびれてはいたが、大家さんが大工さんというだけあって、造りは見るからにしっかりしていた。アパートの前がちょっとした庭になっていて、猫がいたのでそこが塁の部屋の前だとわかった。一階の一番奥だ。

アパートの入り口に郵便受けがあったのでためしに一〇五号室のを開けてみると、何通か郵便物がたまっていた。やはりずっと不在なのだろうか。塁の部屋の前には古ぼけた赤い自転車が置いてあった。いわゆるママチャリというやつで、きっとこれに乗って買い物や郵便局や図書館に行くのだろう。でもあまりに古いから、もしかしたら粗大ゴミかもしれない。自転車のかごに新聞がたまっていた。日付を調べると、ちょうど塁がわたしの部屋から姿を消した五日前からある。その前はうちに三日間いたから、いったん戻ってからどこかへ行ったということになる。

隣のお寺の緑の見事さといったら、なかなかのものだった。樹木が豊かで、鳥の囀《さえず》りも聞こえ、深閑とした森の中にいるようだ。その借景の恩恵を最も受けているのは二階のはじの住人だろうが、塁の部屋にも充分に緑は降り注ぐだろう。ノックしてみる。返事はない。電気もついてなくて、人のいる気配はなさそうだ。ぐるりと回って庭に出る。猫が三匹いたが、わたしを見ると二匹がさっとお寺との境界のトタン塀の下に逃げ込んでしまい、一匹だけがわたしを見ている。

「こんにちは」

わたしはその猫に媚《こ》びを売った。なるほど痩せているが、どことなく威厳のある美しいグレーのトラ猫は、冷静にわたしを観察しているようだ。軒下にエサ入れと思われる洗面器が置いてあり、中には枯葉が一枚入っているだけだった。

「かわいそうに。おなかすいたでしょう」

と声をかけると、猫は拗《す》ねたようにニャアと鳴いた。さっきの二匹も、塀の下の隙間からじっとわたしを窺っている。

「今、何か買ってきてあげるからね」

来る途中で見つけたコンビニでキャットフードを買ってきて、洗面器にあけてやった。するとその音を聞きつけてどこからか猫たちが集まってきて、我先にと食べはじめた。全部で五匹いた。グレーのトラ猫一匹、白猫一匹、ミケ二匹、白黒のブチ一匹である。白猫だけがやや大きめで不細工な顔をしていたが、あとはみなスリムで美形揃いだった。どういうわけか不細工な白猫だけが蚤《のみ》取《と》り用のピンクの首輪をつけていた。かわいいので触ろうとすると、グレーのやつがウーと威嚇《いかく》して怒った。

そこには日常とはかけ離れた時間が流れていた。鳥の声以外、まったく何の物音もしない。他の部屋の住人の生活音もしない。あるいはみな出払っているのかもしれない。わたしは一時間ほどもそこにいただろうか。次にどうするべきかは考えてあった。すぐ近所に住んでいるという大家さんをたずねて、わけを話してみるつもりだった。このへんにある工務店を探せばそれがたぶん大家さんだろう。

猫たちが腹を満たしたのを見届けると、わたしはようやく腰をあげてアパートを出た。工務店はすぐに見つかったが、あいにく誰もいないようだった。仕方なくバス停までの道をとぼとぼ歩いていると、向こうからよく知っている顔が歩いてくるのが見えた。

「あれ、クーチ、こんなところで何してるの」

塁はちょっと戸惑っているような、バツの悪そうな顔をして、わたしの前で足を止めた。

「今までどこ行ってたのよ！　何やってたのよ！」

通りかかった老婆が思わず振り向くほどヒステリックな叫び声をあげるわたしに、塁は少しひるんだようだった。

「ちょっと山梨の温泉に行ってた」

「何なのよ、あんたは！　一体どういう神経してんのよ！　わたしがどれだけ心配したと思ってるの？　誰と一緒だったのよ！」

「ひとりだよ」

「嘘つき！　ひとりで温泉なんか行くか！」

「書くために行ったんだもん。ひとりに決まってるじゃない」

「どこの女と行ったのよ！　それとも男なの？」

バイセクシュアルの人間とつきあうと、嫉妬の分量も倍になる。

わたしはいつのまにか泣き出してしまった。塁はハンカチを差し出してくれたが、そのハンカチからは塁のつけないゲランの香りがした。

「うちに来たの？　今帰るところ？」

「ねえ、浮気したのならはっきりそう言って」

「してないってば」

「わたし、こういうのには耐えられないから、本当のこと言って」

「ずっと連絡しなかったのは悪かったよ。でもわたしはクーチといると甘えちゃって、書けなくなると思ったから」

「それで黙って別れるつもりだったの？」

「そのつもりだったけど、駅でついおみやげ買っちゃった」

塁はバッグから包みを取り出し、わたしにくれた。

「ほんの温泉饅頭《まんじゅう》ですが」

「こういうの好きよ」

「じゃあ帰ってお茶にしよう」

「おうちに入れてくれるの？」

「ここまで来て帰すわけにはいかないよ」

わたしは喉まで出かかっている香水の疑惑を懸命に押し隠しながら、再び塁のアパートへ戻った。なにしろ六日ぶりに会ったのだ。ここでケンカはしたくない。

初めて入る塁の部屋は、想像していたのとは違うものだった。作家の書斎といえば所狭しと本が積み上げられ、書き損じの原稿用紙が散らばり、酒瓶や資料がごろごろしていて足の踏み場もないと思いがちだが、それは悪しき固定観念というものだった。塁の部屋はきれいに片付いていて塵ひとつなく、無駄のないシンプルなデザインの家具が整然と並べられ、本棚の本も意外なほど多くなかった。その空間からはゴッホの寝室の絵のような清潔なストイシズムが感じられた。小さな机の上に鎮座しているワープロだけがかろうじてこの部屋の主の職業を思い出させてくれた。

「自分の著書もないのね」

「図書館にあるから別にいいんだ」

塁はお茶をいれるのも忘れてすぐにわたしを求めてきた。

「ずっとこうしたかった。ずっと」

「ばかな子ね。身を引くなんて似合わないよ」

キスをしたとき、塁のうなじからあの忌まわしいゲランがかすかに香り立った。

わたしは浅はかにも何か証拠を見つけようと、自分から塁の衣服を剝ぎ取り、生まれたままの姿にして全身を検分し、あちこち匂いを嗅ぎまわった。

「女の人の匂いがする」

「わたし一応女ですから」

「別の女の匂いがする」

「温泉の硫黄の匂いだよ」

　できることならわたしもそう思いたかった。しかし塁の太腿の裏側にはっきりと赤い痣《あざ》があるのをわたしは見てしまった。あれは正夢だったのか？　誰か別の女の体がこの体の上を通過していったのか？　問い詰めれば虫に刺されたのだと塁は答えるだろう。そう見えなくもないからだ。わたしはきくのがこわかった。でもきかないわけにはいかなかった。

「これは何？」

「蚊に刺された」

「じゃあこれは？」

　首の付け根の後ろにも痣があった。脇腹にもあった。このような刻印を体じゅうに残さずにいられないとは、何と独占欲の強い、いやらしい女だろう。おまけに自分の残り香をこれでもかとばかりこすりつけている。股ぐらからも、歯のあいだからも、ゲランの匂いがした。塁は香水の強すぎる女が嫌いで、わたしがいつものディオールを少しでもつけすぎると、怒って拭き取るほどだったのに。

「いいかげんにして」

「寝たなら寝たと言って。怒らないから」

　言いながら、ぽろぽろ涙が出てきてとまらなくなった。本当はシラを切ってほしかった。本当のことなんか聞きたくなかった。

「絶対に寝てない」

「ほんとう?」

「わたしは悪い人間だけど、クーチだけは裏切らないよ」

力強い、実に誠実な響きをこめて塁は断言した。助かった。嘘でもいいから助かった。

「ありがとう。疑ってごめんね」

わたしは自分から塁にかぶさっていった。口から首すじを伝って胸を吸い、胸から腹へ、そして性器にたどり着くと、躊躇することなく愛しはじめた。

「クーちゃん、どうしたの。そんなこと……」

塁が驚いてわたしを止めようとする。

「いいの。したいの」

わたしは自らの口で塁の汚れを浄めてやりたかった。わたしがくまなく舐めつくしてやれば、塁にしみついた女の影が消えるだろうと思いたかった。

「ねえ、気持ちいい?」

「うん……溶けそう」

塁は懸命に声を出さぬようこらえながら、感動して泣いていた。ありがとう、ありがとう、と何度も言った。塁はものすごく敏感だった。体をよじって快感に堪え、こらえてもなお漏れる声のとぎれとぎれに、わたしの名を呼んだ。目からは涙、そして下からは別の水分が海となってわたしの中に流れ込んできた。愛が極まると指が痺れ、舌も顎も筋肉疲労を起こすものだということを、わたしは初めて知ったのだった。

夕闇のなか、塁の腕枕のなかで目が覚めた。

外でヒグラシが鳴いている。そんな音を聞くのは何年ぶりだろう。ここは本当に東京だろうか。息をつめてじっと静寂を味わっていると、

「もうお帰り」

疲れを滲ませた声で塁がつぶやいた。

「泊めてくれないの？」

「駄目。ここには誰も泊めたことがないんだよ」

「ずるい。うちにはいつも泊まるくせに」

わたしの帰ったあとで誰かがここに来るような気がして、心の中に暗雲が広がっていくのをどうすることもできなかった。

「書きたいから、ひとりにしてよ」

「そんなにわたしのことが邪魔なの？」

「いたら書けないよ」

「いなくても書けないんでしょ。だったらやめなさいよ。あんた才能なんかないのよ」

塁の目が残酷に光るのをわたしは見逃さなかった。

「今、何て言った？　能なしだって？」

「そうよ能なしよ。働きもしないで。売れない小説にしがみついて。バカみたい」

わたしの目はもっと残酷に輝いていたかもしれない。口の中がゲランの味で腐りそうだった。塁が殴りかかってくればいいと思ったが、塁は悲しげな目でわたしを見つめながら、思いがけない打ち明け話をはじめたのである。

「わたしの父親はピッチャーだった。中卒だから甲子園なんか行ってない。テスト入団して、ずっと二軍だった。やっと一軍に上がった最初の試合でぼろぼろ打たれて、マウンドを降りるとき、能なしという野次を飛ばしたファンにつかみかかって、半殺しの目にあわせて、それで球界を追放された。まだたったの十八歳だった」

わたしは言ってはならない言葉を言ってしまったようだった。塁が射るようにわたしを睨んでいる。しかしゲランの恨みはとまらない。

「それがどうしたの」

「それから父親は母親と水商売をはじめた。わたしと双子の弟が生まれた頃だよ。昔を知る客が来て、酔って絡まれて、能なしと言われて、その客を刺しちゃった。そのときは示談で済んだらしいけど、そういうことのはてしない繰り返しが、わたしの父親の人生だった」

わたしはこのときになってやっと恐怖を感じはじめていた。塁がこんなことを話すのは普通ではない。

「母親も中卒でね。偉い宗教学者の娘だったんだけど、グレちゃってね。盛り場でシンナー吸ってるときにナンパされて、父親にひっかかったんだって。たったの十七歳で結婚した。宗教学者のセンセイからは能なしのアバズレって言われて勘当された。野球選手つかまえたと思ったのに、ケンカしかしない、ろくでもない男だった。母親は破綻したね。そしていまだに破綻し続けている。凄いでしょ。能なしの一家だよ」

「ごめんなさい。本気で言ったんじゃないの」

「父親は今、刑務所に入ってる。母親は精神病院に入ってる。わたしと弟のDNAには敗残者の血がしっかり刻みこまれているんだな」

「でも塁は小説を書いたわ」

「わたしが文学なんかやってるのは突然変異じゃなくて、母方の祖父の血のせいだろうけど、でもそれだってニセモノなんだよ」

「小津康介が認めてくれたじゃないの」

「誰に認められようとも、愛する人に認めてもらえなければ仕方がない。わたしはそういう人を愛することはできない」

それからしばらくのあいだ、重苦しい沈黙が薄闇の部屋を支配した。こんな話をしてしまったからには、相当の覚悟があってのことと思われた。あれだけ頑なに拒んでいた家族の話を、塁は自ら恥辱にまみれて晒《さら》してみせたのだ。

「もう会いたくない」

冷たく、厳しい声だった。見知らぬ他人のようだった。急に無力感がこみあげてきた。わたしが悪いとはいえ、そこまで言われる筋合いがあるのだろうか。ただちょっと口が滑った一言で、絆《きずな》を断ち切られるほどの仕打ちを受けなければならないのだろうか。

「本気で言ったんじゃないって、わかってるくせに。上等じゃないの。そんなに別れたいのなら、別れてあげるわ。あんたなんかもうウンザリなのよ」

部屋が暗くて塁の表情は見えなかった。硬直しそうな心臓をどうにかなだめながら、わたしは転がるようにして塁の部屋を出た。ドアを開けると階段の下に猫がいたが、もう媚びを振りまいている余裕はなかった。わたしは猫を蹴飛ばして外へ走り出た。

8

帰りのバスの中でも、電車の中でも、道を歩きながらでも、わたしはぼろぼろ泣きづめだった。お風呂に入っていても、ごはんを食べていても、眠っているときでさえ、体の部品が壊れたみたいに涙がとまらなかった。あんなことを言ってしまった後悔と、まだ別れたくないという未練と、いずれこうなるしかなかったという諦念《ていねん》が、いっしょくたになってやってきた。

次の日は日曜日だったが、一日中どこへも出かけず、何も食べず、布団をかぶって泣いていた。夜になっていいかげん泣き疲れて、スーパーへ買い物に行ったら、塁とよく来ていた店だったので、鮮魚売り場でも精肉売り場でもパンの棚でもお総菜コーナーでも、彼女とともに買った品物やそのときの情景がフラッシュバックして、慌ててトイレに駆けこまなくてはならなかった。トイレの中で水を流して、わたしは声をあげて泣いた。ここのトイレにまで思い出があって、まだつきあいはじめて間もない頃、この個室に連れ込まれて五分間近くも唇を吸いあったことがある。デパートの試着室でペッティングしたこともあるし、スピード写真のカーテンをしめて胸を吸われたこともある。

こんなことも、あんなこともしたのに、どうして簡単に別れることができるのだろう。わたしをこんな体にしたのは塁ではないか。あのいやらしい指がわたしの胸を大きくし、腰や尻を成熟させ、感度をよくしたのではなかったか。他ならぬ女の手によってより女っぽく変えられるとは、思えば皮肉というほかない。

それでもやはり、こんな密度の濃い肉体関係が永遠に続くはずはなかったのだ。いつかセックスをしなくなる日がくるとしたら、それはもう塁ではない。わたしたちはそのように運命づけられて出会ったのだ。会ってすぐに体を求めあった。相手が女だからといって悩みもせずに。わたしたちには純愛期間などなかった。塁は限りなくわたしを欲しがり、わたしは欲しがるだけ与えた。塁からはいつも猶予のならない切実な欲望が溢れ出ていて、それを引き受けているうちにわたしにも欲望が乗り移ってしまい、体を交わすごとに欲望は昇華され、あとには切実さだけが残った。だから抱き合えば抱き合うほど、わたしたちはせつなくなっていった。純愛はあとからやってきた。

塁というひとはたぶん、純愛から入ると、抱けなくなってしまうのかもしれない。崇拝しすぎて偶像になり、生身の女ではなくなる。わたしはそのように扱われたかったとは思わない。崇拝されるより、欲情されるほうがはるかに幸せだと思う。塁のおかげでわたしは性の深淵に触れることができたのだ。どんなに傷つけられ、踏みにじられ、ぼろぼろにされても、このような関係は二度と誰とも結べないだろう。一生に一度しかゆるされぬ種類の快楽をくれた塁に感謝して、幕を閉じるべきなのだろう。

そうわかってはいても、自分が驚くほど未練たらしい人間であることを思い知らされる日々が続いた。そのたびにわたしはこう考えた。当然のような顔をしてエサをねだる厄介な野良猫がやっといなくなって、平穏な生活が戻ってきたのだと。あの爆弾のような人間から、その執着の深さからやっと解放されて、かけがえのない自由が今この手の中にあるのだと。これからはどんなに遅くまで友人と飲み歩こうが、たまの休日に映画館や美術館に行こうが、深夜に長電話しようが、眠りたいだけ眠ろうが、ホラー・ビデオを続けて五本ハシゴしようが、自由なのだ。もう誰もわたしを束縛することはできない。あの贅沢な野良猫にかかっていた食費の負担もかるくなる。心をこめて作った料理を流しに捨てられることもない。夜中に大声でケンカして隣に壁をたたかれることもない。人間はセックスなんかしなくたって生きていける。それにもしどうしてもしたくなったら、わたしにはは抱いてくれる男がいる。

喜八郎に電話するのは、ぎりぎりまで我慢するつもりだった。もしかしたら塁が悔い改めて電話をかけてくるかもしれない。今すぐにでも会いたいと言って、泣きながら謝ってくるかもしれない。だから誰かと約束を入れるのは避けたかった。いつ電話がかかってきてもいいように携帯には仕事中も電源を入れ、一時間おきに着信履歴をチェックした。塁はうちの合鍵を持っているから突然訪ねてくるかもしれないと思い、彼女の好物のスーパープレミアムアイスクリームを常に冷凍庫に欠かさないようにした。夜中に忍んでくることもあるかと思って、ドアチェーンをかけずに寝るようになった。彼女がわたしの部屋で着ていたパジャマやTシャツはきれいに洗濯してアイロンをかけ、花瓶の花も切らさないようにした。頭痛持ちで胃腸の弱い彼女のために常備薬のバファリンと正露丸も買い整えておいた。わたしはこんな自分を愚かだと思いながらも、全身で塁が戻ってくるのを待っていた。

はじめの二週間は、二年間のようだった。あの感謝知らずの野良猫への未練と憎悪が絶え間なく意識の隙間に這いのぼってきて、呼吸するのも苦しいほどだった。行楽に出かけたことのないわたしたちは、一緒に写真一枚写したことはなく、塁からはプレゼントひとつ貰ったことはない。だからわたしには破るべき写真もなければ、捨てるべき品物もないのだった。夜、強い酒を飲んでからでなければ眠れなくなった。わたしは写真を破るかわりに、塁の残していった下着をハサミでこなごなに切り刻んで破り捨てた。

最後に家族の話を聞いてしまったことで、わたしはひどく心を揺さぶられてもいた。両親は中卒、父親は刑務所に、母親は精神病院にいるという話は、山野辺塁という作家の生い立ちにしてはまことに出来過ぎた物語で、あるいは塁の創作かもしれない。そう思う反面、あの話をしているときの塁がこれまでになく真実を語っているように見えたのも間違いない。ゲランの女に関してすぐバレるような嘘を平気でついたように、塁は生来の嘘つきだが、わたしはあの話だけは信じることができる。

わたしには塁の痛みが痛かった。塁の生い立ちが重かった。たとえこのままつきあいを続けていたとしても、どうやって彼女を癒してやればよかったか、わたしには見当もつかなかっただろう。ごく普通の家庭に生まれ、愛情深い両親と姉に恵まれ、平凡だが幸福といっていい育ち方をしてきたわたしには、塁のたどってきた道は想像の範囲を超えていたのである。正直に言おう。わたしは塁がこわかった。憐れと思い、それだからいっそう愛しさが増した。塁がそのために神を呪うならわたしも一緒に呪ってもいい。塁がそのために人間を憎んで世間に唾《つば》を吐きかけるなら、わたしは塁のために泣くだろう。

でも古巻氏も言っていたように、塁は書くことによってそれを克服しなくてはならない。そういう手段を見つけたことは彼女にとって何よりの救いだとわたしも思う。そして書くためにわたしが邪魔なら、わたしはやはり去っていくしかないのだろう。

いずれにせよ、別れるしかないのだ。それがわたしのためであり、彼女のためなのだ。この人間でなければ生きていけないというような、命にかかわる恋愛など、この世にあろうはずはない。わたしはそうやって自分に言い聞かせながら一日一日に折り合いをつけていった。はじめの二週間が過ぎると、いくらか楽に呼吸ができるようになった。次の一週間が終わろうとするとき、掟破《おきてやぶ》りの電話が鳴った。

「半熟卵ってさ、何分ゆでればいいんだっけ？」

名乗りもせず、時候の挨拶もなく、いきなりの大ボケだった。そのあとの一瞬の沈黙の重みで、塁だとわかった。ボケにはボケで応対するのが礼儀のように思われた。

「五分よ。きっかり五分」

「あ、そっか。ありがとね」

「それ以上でも以下でも駄目」

「うん、わかった」

「ゆで卵食べるとおなか壊すでしょ。平気なの？」

「年に一回くらい食べたくなるよね、ゆで卵って」

「卵は毎日食べたほうがいいのよ。卵と牛乳だけはね」

「どっちもおなか壊す」

「すぐおなか壊すんだから。子供みたいなんだから」

わたしはここで言葉に詰まり、不覚にも泣き出してしまった。すると電話の向こうで塁も泣いているのがわかった。目黒区と三鷹市とに遠く離れて、一本の電話線を通して、同じひとつの夜の淵と淵とで、わたしたちは一緒に泣いた。こんなにも互いの心が寄り添いあっていることを感じられたのは初めてだった。

「クーチに会いたいよう」

受話器から涙が滴《したた》ってきそうな泣き方だった。塁はまるで子供のように、しんから悲しそうにしゃくりあげる。

「わたしも会いたい。塁に会いたい。今すぐ会いたい」

「やっぱり別れられないよう。クーチがいないと駄目なんだよう」

「今からおいで。タクシー代出してあげるから」

「まだ電車があるから、電車で行く」

「いいから、タクシーで飛んできて」

わたしはすぐシャワーを浴び、歯を磨き、新しい下着に着替えて塁を待った。

一時間後、顔が変わるほど泣き腫らした目をして、痩せてやつれて、疲れきった塁が、わたしの胸の中に飛び込んできた。

薔薇が咲いた。

脳髄の裏側の白い薔薇が、ぱっと咲いた。


その夜は一晩中狂ったようにセックスし続け、ふらふらになり、わたしは次の日会社を休まなければならなかった。その次の日は幸い土曜日だった。ろくにものも食べず、一日中ベッドにいて、断続的な短い眠りから覚めるとすぐに求めあい、片時も肌身離れず、腹が減れば宅配のピザを取り、口移しで食べあい、指についた脂を舐めあい、顔も洗わず、体も洗わず、互いの唾液と体液にまみれ、キスマークを体じゅうにいやというほどつけあって、体の中の水分を一滴残らず出し尽くしてからからに渇いてしまうまで、わたしたちは三昼夜同じシーツにくるまっていた。

指も舌も痺れ、肩は凝り、乳首はちぎれそうだった。声は嗄《か》れ、腰のあたりがどんよりと重かった。ふたりの髪の毛と陰毛が何十本もシーツに落ちていた。朦朧《もうろう》とした意識でわたしは月曜日の朝日を眺めた。

「会社に行かなくちゃ」

「休めば?」

「これ以上したら、死ぬわ」

「本望だよ。ふたりで抱き合いながら死のうよ」

なおもわたしを搦《から》め取ろうとする塁の手をふりほどいて、わたしはため息をついた。

「やっぱり塁とは住む世界が違うのかもね。時々ついていけなくなる」

わたしは綿くずのように疲れていたが、起き上がってシャワーを浴びた。朝食を作って食べ、化粧をした。塁は朝食には手をつけずに、わたしが化粧するのをじっと見ていた。いつものように塁にワンピースのチャックをしめてもらうと、出勤の準備は完了した。

「七時には帰れると思うけど、まだいる?」

「いるよ。晩ごはん作っておくよ」

「じゃあ行ってくるわね」

「ねえ、ふるいつきたくなるようないい女って、クーチのことだよ」

「嬉しい。小川軒のケーキ買ってきてあげる」

一度別れたあとでよりが戻ると、以前よりも絆が深まるというけれど、わたしたちはすぐにまた一進一退を繰り返すようになった。

塁はまたしてもうちに入り浸るようになり、しばらく甘い顔を見せたおかげでわがままは以前にも増してひどくなった。嫉妬も度を越して激しいものになっていった。

ある日、わたしの学生時代からの親友で、今は地元の関西に住んでいる由美が上京することになった。わたしが塁とのことを打ち明けているのは彼女だけであり、誰にも言えない恋愛の悩みの唯一の相談窓口になっていた。由美は同性愛に対する偏見がまったくなく、また小説もよく読むほうなので、理想的な相談相手といってよかった。彼女が東京に来るとうちに泊まる習慣なので、塁に今度の週末は自宅に帰ってもらえないかと頼んだら、案の定怒ってケンカになった。

「親友なら紹介してよ」

「塁だって友達を紹介してくれないじゃない」

「わたしには友達いないもの」

「久しぶりだからゆっくり会いたいのよ。積もる話もあるし」

「わたしに会わせられない理由でもあるわけ?」

理由なら、ないこともなかった。由美はなかなかの美人なので、塁に会わせるのは心配だった。それにもうひとつ、由美は山野辺塁の小説のファンだったのである。わたしに小津康介の書評を読むように勧め、山野辺塁という名前を最初に教えてくれたのは、他ならぬ彼女だったのだ。わたしが塁とつきあっていることを一番初めに告白したときの驚きようといったらなかった。由美はすさまじく反対した。ああいう小説を書く人とつきあうと身も心もぼろぼろにされるよ、と言うのだった。そしてそれはある意味で本当のことだった。このあいだの別れ話のときは、由美は心から喜んでくれ、復活を告げたときには、アホやなあアホやなあと言い続けていた。

結局、塁に押し切られて会わせることになってしまった。わたしはいやな予感がした。と同時に、塁のことを天下晴れて恋人だといって紹介できる嬉しさもないではなかった。同性同士のカップルには、そういう何でもないことさえ叶わぬ夢だったりする。

「不愉快な思いをさせるかもしれないけど、そのときはごめんね。覚悟しといてね」

あらかじめ由美に断っておかなくてはならなかった。

「そんな、彼女を珍奇な動物みたいに」

「まさにそうなの。あれを飼い慣らせるのはわたしくらいのものよ」

「ノロけられてるみたいやわ」

三十分以上遅れて待ち合わせの店にあらわれた塁は、別人のように初々しく見えた。こまかいところまで念入りにお洒落しているのがわかる。わたしはかすかに胸騒ぎを覚えた。

「わあ、想像してた通りの人や」

わたしは塁の人間性について、さんざん悪口を吹聴したのに、由美はあっさり見かけに騙されている。本にサインをせがみ、握手なんか求めて。塁はまるでそんなこと生まれて初めてだと言わんばかりに緊張した面持ちで、頬を紅潮させてサインをし、愛読者の手を握る。憎らしいほどいい顔をしている。なぜかふと、この顔を由美には見られたくないと思う。そうかわたしは、由美に塁を盗られるのがこわかったのだ。

「本当は塁さんに会うのは気が進まなかったんですよ」

「どうして？」

「だって、好きな作家とは会いたくないのと違います？」

塁ははにかんで、どうしたらいいかわからないというようにわたしを見た。こんなにシャイな塁は初めてだ。あるいはこれが塁の本質なのかと、彼女を知り尽くしたわたしでさえつい思いそうになる。言葉少なに、目だけを饒舌にきらきらさせて。こういう彼女は見たことがある。初めてのデート。俳優座の地下のバー。何もかもあのときと同じ顔だ。

「由美さんは、結婚してるんですか？」

ああ、このセリフも聞いたことがある。否定してほしそうな表情もそっくりそのままだ。

「いいえ。したいとも思わへんけど」

「クーちゃんはしたいって言います。残酷でしょう？」

「とく子は昔からものすごい結婚願望があるんです。早よ孫の顔見せろ言うて、親からのプレッシャーもきついんやて。でもそんなこと塁さんに言うのん、ほんまに残酷やね」

どっちが残酷なのだ。塁はそんなこと聞かされて青ざめている。わたしは由美が憎らしくなってしまう。

一時間ほど三人で飲んだあとで、塁には一足先にわたしの部屋に帰っていてもらうことにした。最後まで猫をかぶっていたせいで、由美はすっかり塁が気に入ったようだった。

「あの人な、とく子のことほんまに好きやで」

「喜八郎よりも？」

「あんたに捨てられてもキハチは死なへんけど、塁さんはあかんやろな」

「いつか塁に殺されるか、塁を殺すかしてしまいそうな気がするの」

「悪いこと言わへん。キハチにしとき。なんでわざわざ修羅《しゅら》を引き受けなあかんねん」

別れられるものなら、もうとっくに別れている。わたしは塁と誰かを天秤《てんびん》にかけているわけではない。

明け方に由美と部屋に戻ると、塁は眉間《みけん》に皺を寄せて熟睡していた。

「この寝顔見てたら、何や知らんけど、眉間の皺引っ張って伸ばしてあげとうなるわ」

由美はそう言って、いつまでも塁の寝顔を眺めていた。

いささか不謹慎なほどだった。

9

来客というのは重なるもので、由美に続いて次の週末には札幌の両親が上京することになった。父の仕事の所用が横浜であり、ついでに母も都内の病院に入院している遠縁の者を見舞うことになって、珍しく両親揃ってうちに泊まるという。

「ごめんね。親が帰るまで三鷹に戻っていてくれる？」

また怒るかと思ったが、塁はあっさり承諾してくれた。わたしの親には興味はないらしい。塁が親のことでひねくれるのが不憫で、わたしはつい余計なことを言ってしまった。

「ねえ、塁はお父さんの面会とかお母さんのお見舞いとかに行ってる？」

「行かないよ、そんなもん」

「手紙は書いてるの？」

「縁が切れてるって言ったでしょ。親はいるけどいないんだよ」

「じゃあ弟さんは？」

「うるさいよ。わたしの家族のことに関心もつんじゃないよ」

「愛し合ってるなら関心もつのは当然だと思う」

「家族ぐるみでつきあいたければ、そこらへんの普通の男と結婚すれば？　お中元やお歳暮を贈りあって、お盆と正月には一緒に帰省して、満員列車や大渋滞にもへこたれずに孫の顔を見せに行ってさ、父の日にも母の日にもカードを忘れず贈ってくれるような、そういうやさしい男いっぱいいるよ」

「そうね。うちの親ももう年だし、いつまでもこんなこと続けてらんないわよね」

「別れようっていうの？」

ちょっとした口喧嘩ですぐ別れ話に発展していくのは、最近ではよくあることだった。昼も不憫だったが、わたしの親も不憫だと思った。姉は札幌で嫁いで子供が二人いる。家も建てた。父と母にとっては、いつまでも東京でふらふらしているわたしのことだけが心配の種なのだ。正月に帰省するたびに親というものは確実に老けていく。両親は喜八郎のことを知っているので、お見合いしろとは一度も言わない。ただ黙って喜八郎が貰ってくれるのを待っているのだ。

「別れたがってるのはあんたでしょ」

「またはじまった。やっぱり駄目だ。やっぱり別れよう」

「ああ、もう、うんざり。おんなじことの繰り返し。あんたといるとこっちまで頭おかしくなっちゃう」

「出てけばいいんだろう。出てってやるよ」

塁はそれから一言も口をきかずにバッグに荷物を詰め込みはじめた。

「全部持ってってよ。このパジャマも、シャツも、靴下も」

「あんたが買ってくれたものなんかいらないよ。捨てれば？」

「持ってけって言ってんのよ！」

　わたしはそれらの衣類を塁に投げつけた。塁はそれをゴミ箱にほうり込んだ。

「あんたなんかに会わなきゃよかった。わたしをこんなにして。どこまで傷つけたら気がすむの？　わたしをこんなにして。こんなにして。こんなにして！」

　わたしはベッドルームの物も、キッチンの物も、片っ端から手に取って塁にぶつけた。枕を投げ、ぬいぐるみを投げ、バスタオルを投げ、スリッパを投げた。テレビのリモコンを投げ、マグカップを投げ、料理の本を投げ、カセットテープを投げた。おたまを投げ、計量カップを投げ、パスタを投げた。あらゆるものが降る中を塁はわき目もふらずに逃げ出していった。最後に玄関から靴を投げると、隣の住人がそっとドアを開けてこちらを窺っているのが見えた。看護師をしているという隣人は、わたしと目があうとそそくさと扉を閉めてしまった。

　一人になって気がつくと、わたしは包丁を握りしめていた。これも投げようとしたのだろうか。それともこれで何かをするつもりだったのか。こんなものを突きつけて、行くなと脅すつもりだったとでもいうのか。

　これで終わった、と思った。こういうことをしなければ、わたしたちはきっと別れることができないのだろう。この前のときではまだ不足だったのだ。もっともっと傷つけあい、もっともっと陰惨な修羅場を踏まなければ、わたしたちの絆は切れることができないのだろう。もっと、もっと、もっと、もっと。


次の土曜日、両親がやって来た。

思いがけず早い時間に着いたので、わたしはまだ掃除と後片付けの真っ最中だった。

「あと三十分で終わるから、ソファでテレビでも見て待っててくれる?」

わたしが掃除機をかけているあいだ、両親はおみやげを広げながらもさりげなく鋭い視線を部屋じゅうに走らせ、わたしの生活状況を探ろうとしているのがわかった。男ものの衣類がどこかにころがっていやしないか、男の匂いがしみついていないか、目と鼻を思いきり広げてそわそわしている。父はソファで新聞を読むふりをしながらベランダに干してある洗濯物に目を光らせ、母はキッチンでお茶の支度をしながら冷蔵庫や洗面所をのぞく。

「あんた、コンタクトレンズするようになったの?」

と母にきかれ、

「ううん。目だけは昔からいいもの。どうして?」

と答えると、母が不審そうに洗面台を指さす。そこには、塁しか使わないコンタクトレンズクリーナーの容器が置きっぱなしになっている。それからわたしは洗面台に歯ブラシが二本、赤いのと青いのが並べて置いてあったのに今さら気づき、愕然とした。それだけではない。浴室のタオルかけにはサーモンピンクとオリーブグリーンの色違いのバスタオルが二枚、食器棚には夫婦茶碗、湯呑みもコーヒーカップもスープ皿も仲良くお揃いのが二組ずつ、寝室にはネイビーブルーとクリームイエローの色違いのバスローブ。つまり狭いアパートのいたるところに、塁との暮らしの痕跡が生々しく残っていたのである。

これではどう見ても、新婚家庭のようではないか。

「ああ、先週由美が泊まりに来たから」

これで少しはごまかせる。夫婦茶碗とバスローブが難といえば難だが、目に触れないうちに隠してしまえばいい。

塁が女の子でよかった。シェイビングクリームとかブリーフとかが転がっていなくて本当によかった。そして何より、写真立てに飾るべき二人のツーショットの写真がなくてよかったと思った。

あくる日曜日、わたしは両親と銀座に出た。天麩羅《てんぷら》をごちそうになり、そのあと三越で買い物して、最後に資生堂パーラーでお茶を飲んだ。母はこのコースが好きだった。塁となら三越より松屋へ行くし、伊東屋とイエナ書店に何時間でもいるだろう。情けないことに、両親と歩いていても何かにつけて塁を思った。おいしい天麩羅を食べれば塁にも食べさせてやりたいと思い、三越で猫のデザインの腕時計を見つければ今度の誕生日に買ってやろうなどと思う。そしてあとから、ああわたしたちは別れたのだったと気づくのだ。

「そういえばこのあいだ、キハチさんが岡山からマスカット送ってくださったのよ」

「へえ、わたし何も聞いてないわよ」

「いつかも富山から地酒送ってきたな」

「ええ、あれ、おいしかったわねえ」

こういうことをするから、うぶな両親はわたしと喜八郎との結婚を信じて疑わないわけだ。学生時代、冬になるとよくみんなでスキーに来ていたので、喜八郎はたびたびわたしの家に泊まっていた。何人かで客間で寝るのだが、喜八郎はとりわけ父のお気に入りだった。母もわたしが処女を捧げた男が喜八郎であることを知っている。

「彼はよくそんなことするの？」

「ここ一年くらい、特に気にかけてくださるわね」

やっぱりだ。両親から籠絡《ろうらく》して、じわじわと結婚に持ち込むつもりなのだろう。そうやって外堀を埋めても、肝心のわたしには塁がいる。

——いや、もう塁はいないのか。

両親も両親で、だからといって結婚のケの字もほのめかすことはなく、喜八郎の話題はそれで途切れた。その言葉はうちでは禁句のようになっている。本当は喉元まで出かかっているだろうが、こらえてしまうところにわたしは親の不憫を感じるのである。

帰りの飛行機の時間も近づき、父がトイレに立ったとき、母がこっそりささやくように言った。

「お父さんね、癌《がん》かもしれないの」

「えっ？」

わたしは紅茶のカップを落としそうになった。ああバチが当たったのだ、と思った。父が病気だなんて、全然知らなかった。きのうから一緒にいたけれど、まるでそんなふうには見えなかった。母はグラスの氷をからから回しながら、レモンの輪切りをストローで何度も突き刺している。わたしは自分の弱さが責められているような気がした。

「言わないでおこうと思ったんだけど」

「そんな、言ってくれなきゃ困るわよ」

「もし癌だったら札幌に帰ってきてくれる？」

「いや、それは……」

「冗談よ。ただ言ってみただけ」

「検査の結果、いつわかるの？」

「来週」

「そうか。だから二人で東京に来たんだ」

「本人も、あたしも、お姉ちゃんも、みんな覚悟してるけど、お父さんね、あんたには言うなって」

「ひどい。仲間はずれだなんて」

「病気に同情されて結婚を焦《あせ》らせるのがいやなんだって」

父はそういう人だった。女のほうから男に結婚を迫るようなことをしてはいけないと考えているところがあった。それが父の美学でもあり、そんなことで万が一喜八郎のような男を失うことになったら無念だという思いもあったのだろう。それだけ喜八郎のことを大事に思っていた。わたしの父はプライドの高い人だった。

そしてわたしは、プライドの高い父が好きだった。時に高すぎるプライドのために出世を逃した人だったが、母や姉がどんなにその点を嘆いても、わたしは父のそういう資質を最も愛していたのだと思う。わたしが昰にひかれるのも、父に通じるプライドの高さを彼女が持ち合わせていたからかもしれない。わけもなく高すぎるプライドと、それと背中あわせの不器用な哀れさに、わたしは一番弱いのかもしれない。

「だいじょうぶ。シロだって。たとえクロでも、治るって」

「もしクロだったら、お父さんの残りの人生のこともよく考えて、あんたがこれからの人生をどうやって生きてくつもりなのか、お母さんに聞かせてちょうだいね」

母はたしなめるような厳しい目をしていた。夫婦茶碗やお揃いのバスローブを見られてしまっただろうか。昰があの部屋に残していったエロスのかけらを、二人であの部屋に作りあげた輝かしい海の記憶を、夜ごと壁に吸い込まれていった絹の声のはてなき余韻を、母は垣間見てしまったのだろうか。

「トイレ、混んでたよ。日曜日の銀座だからなあ」

父がやっと戻ってきて、嬉しそうにそう言った。

お父さん。お父さん。お父さん。お父さん。わたしのお父さん。

今度こそ阿修羅の恋を断たねば、と思った。

塁とはこのままうまく別れなければならない。

肉欲に溺れすぎた、これが報いか。父が身代わりとなって鞭打たれようとしているのか。

「羽田まで行く」

「ここでいい。じゃあ元気でな」

父は別れ際におこづかいを二万円くれて、母とタクシーに乗り込んだ。返そうと思って窓をたたくと、父は窓を開けてもう一枚よこし、うまいものを食えと言った。その言葉をかけてやらなければならないのはわたしのほうだと気づくほど、父の太い首が痩せ細って見えた。あのゆるぎのない樫《かし》の大木が、生まれて初めて頼りなく見えた。

検査の結果を知らせる母からの電話はなかなかかかってこなかった。あるいは何かの事情で再検査にでもなっているのかもしれないという気持ちと、こちらから電話して悪い結果を聞くのはしんどいという気持ちから、わたしには待つしかすべがなかった。

塁と会わなくなってから、塁の両親のことをよく考えるようになった。父親が刑務所に入っているとは、一体どんな気持ちのするものだろう。そして母親が精神病院に入院しているとは？　でももちろん、どんなに想像してみてもわたしにはその実感がつかめるはずもなく、よけいに塁の遠さが身にしみただけだった。そのどうしようもない距離感がわたしの胸をかきむしり、わたしはただ絶望した。

それからわたしは、塁の双子の弟についても思いを巡らすようになった。塁と同じ顔をした、同じ環境で育った男の子がどこかにいると思うと、人が生まれて育っていくことの不思議さ・愛しさを感じないわけにはいかなかった。どんな名前で、今どこで何をしていて、塁のことを何と呼ぶのだろう。最愛の弟。塁は自著の扉でこの言葉を捧げていた。幼い姉弟が心を寄せることができたのは、おそらくはこの世でたったひとり、血を分けた分身だけだったに違いない。

喜八郎にも弟がいて、こちらのほうはよく知っていた。力三郎《りきさぶろう》という名前で、家業の不動産屋を兄に代わって継ぐことになった。わたしは彼のことをリキちゃんと呼ぶ。喜八郎と力三郎の北井兄弟といえば、中等部・高等部を通じて生徒会長を順番に務めた有名人だったそうだ。

陰と陽。この二組のきょうだいは、別々の星で育ったかのようだ。わたしが塁の星で暮らすには、酸素が足りなくて窒息するかもしれない。わたしはわたしのよく知っている星に戻ろう。それが父ののぞみだから。

そのとき、電話が鳴った。夜の九時だった。わたしは母の涙声に備え、精一杯の心の準備をして、受話器を取った。

「お風呂場に直径二十センチのムカデがいる！」

わたしは絶句した。ヨーデルみたいな裏返った声で、塁が叫んでいた。

「どうしよう！　こわいよう！　どうしよう！」

「キンチョールをかけるのよ！」

「かけても死なないよう！」

「傘の先で外に誘導したら？」

「今うちには傘はないんだよう」

「灯油ぶっかけて焼き殺しちゃえば？」

「そんなことこわくてできないよ！」

わたしは三鷹の草深い庵を思い出し、あそこならムカデも出るだろうと妙に納得した。よほどこわいのか、いつまでもビービー言っているので仕方なく、

「じゃあ、うちに来てもいいよ」

と言ってしまった。今度はさすがにタクシーで来いとは言わなかった。

一時間半後、塁はもじもじしながら玄関の前に立っていた。

「どうしていつもこうなるんだろう。どうしてわたしはいつも許しちゃうんだろう」

わたしは自分で自分に悪態をつきながら塁を中に招き入れた。塁はしばらく家出をし

ていたオス猫のようにおずおずと警戒しながら入って来、部屋じゅうの匂いを嗅ぎまわるかのようにウロウロし、ようやく落ち着き場所をソファに決めて他人行儀に腰をおろした。

「あんな電話しといて、今さら緊張してるの？　ばかね」

コーヒーをいれてやっても、それを飲んでも、いつまでも黙りこくって俯《うつむ》いている。かわいそうに、すっかりいじけてしまっているのだ。

「わたしたち、別れられないね。いつも塁が戻ってきちゃうんだから」

「ごめん」

「言うことはそれだけ？　何かしたいことはないの？」

「おっぱいを吸わせて」

わたしはブラウスのボタンをはずした。が、別れる決意は微塵も揺らいではいなかった。

10

セックスをしたあとで、風呂を沸かし、塁と一緒に入った。

ゆっくりと時間をかけて、わたしたちは互いの体を洗いあった。塁は髪の毛を洗うのがとても上手で、耳の中にお湯が入ったことがない。

「この二週間、いろいろあったの」

塁の背中を流しながら、父の病気のことを話した。塁は相槌も打たず黙って耳を傾けていた。その背中は別れの気配を察して少しふるえているように見えた。わたしは塁の背中にそっと自分の乳房をくっつけて、後ろから塁の心臓のあたりに左手を置いた。

「塁のこと、今でもとても好きよ。他人じゃないというか、今ではもう、自分自身のように思ってる」

「クーチ。お願いだから、別れ話はしないでほしい」

「別れても別れても別れきれない。それはわかってるの。でも、こういうのって疲れちゃうのよね」

「ゆるして。もっと大事にするから。ねえ、クーチ」

「お互いこんなに好きなのにね。きっと相性が悪いのよ。体の相性はいいんだけど、性格がね。このまま続けても、きっと二人とも駄目になるだけだと思う」

「いやだ……いやだよ」

塁は泡だらけの体をふるわせて、かすれた声を出した。わたしは塁の目を見ないようにして、シャワーで泡を流してやった。なめらかな白い肌が淡いピンク色に染まり、女にしては鋭角的な腰のラインがあらためて愛しさを募らせる。

「それに父のことがなかったとしても、わたし、やっぱり結婚したい」

この言葉に勝ち目がないのは、不倫と同性愛だけだろう。

塁は背中を向けたまま、細い細い息を吐いた。

何かを受け入れ、何かを諦め、負けることを自分に言い聞かせているような、蜻蛉《かげろう》のように明日のない、細くて長い息だった。

「そういうセリフを、いつか言われるんじゃないかと思ってた」

「ごめんなさい。わたし、ひどいこと言ってるね。恨んでもいいよ」

「いいんだよ。貰ってくれる男がいるなら、お嫁に行きなよ。相手はキハチロー？」

「ううん、別にあてのある話じゃないの」

「いつか約束したの覚えてる？　クーチが結婚するときは邪魔しないって」

わたしは半分くらいはそんなこと信じてはいなかった。でもあとの半分では、それが塁の唯一の愛のあかしであるように、わたしはその言葉に縋りついていたような気がする。

「クーチは男に守られるほうが似合ってるもんね。こんないい女、男が放っておくわけないよね」

「でも、たとえ本当に別れてしまっても、わたしは塁のことがいつまでも好きだから」

「うそつき」

「本当よ。ねえ、わたしたちは女同士なんだから、恋人じゃなくなっても、友達になれると思わない？　塁のことはずっと見守っていきたいの」

「いやなこった」

塁はきっぱりと言って、浴室から出た。

「友達になんかなりたくないね。数えきれないくらいセックスしたんだよ。恋人のままで終わりたい。友達なんかで気持ちをごまかしたくない。それにわたしはクーチに会うと必ず欲情するから、ただの友達にはなれないよ」

「じゃあ古巻さんはどうなの？」

わたしはかねてからききたかったことをぶつけてみた。

「あの人と昔、何かあったんじゃないの？」

「どうして」

「あの人、塁のこと愛してるもの。いつか会ったとき、そう思った」

「昔、半年ばかり一緒に暮らした」

わたしはかなり驚いた。色恋沙汰のひとつやふたつあったに違いないとは思っていたが、まさか同棲していたとは！

「いつのこと？」

「最初の小説を書いたあとで」

「じゃあ古巻さんは編集者のくせに商品に手を出したわけね」

「手を出したのはこっちのほうで、わたしがしつこく追いかけたんだよ」

「何でかばうのよ？　彼とも数えきれないくらいセックスしたんでしょ？　それなのに別れたあとでもつきあってるじゃない」

「あの人しかわたしの書くものをわかってくれる人がいないからだよ。ただの仕事だよ。友達じゃない」

「くやしい。わたしも編集者だったらよかった」

それから塁はトイレに入って、突然声をあげて泣き出した。正しい号泣とはこういう泣き方のことを言うのだと思った。わたしは一瞬、別れ話を全部チャラにして、もう一度初めからやり直そうと言い出しそうになった。しかしぎりぎりのところで父の細い首が浮かび、その言葉を踏みとどまらせた。

「最後にひとつだけお願いがあるの。ねえ、聞いて」

わたしはトイレの中に呼びかけた。塁は嗚咽《おえつ》しながら、うん、と言った。

「死なないで書き続けてね。たくさん、たくさん、小説を書いてね」

「うん」とも「うう」とも聞き取れる絞り出すような声が聞こえてきた。号泣は一時間続いた。

そのあとで山野辺塁は、わたしの前から姿を消した。

もう二度と電話はかかってこなかった。

その年の夏は、めったやたらに泣かれることの多い夏だった。

塁にトイレで泣かれた日の翌々日、母が泣いて検査の結果を知らせてきた。

「余命一年三カ月から半年のあいだだって。お父さんが何をしたっていうの」

喜八郎に会って、酒を一升飲んで、渋谷のホテルで初めてフェラチオをしてあげて、安全日でもないのにコンドームをしないでセックスした。

「悪い男と別れたの。寂しくって死にそうなの。寂しくって死にそうなの。寂しくって死にそうなの」

「よしよし、おまえには俺がついてるじゃないか」

「どうしていつもそんなにやさしいの？」

「俺、おまえと結婚するから。もう絶対に離さないから」

「お父さんに孫の顔見せてあげてくれる？」

「すぐ結婚しよう。夏休みのあいだに引っ越ししよう。子供ができるまで毎日毎日がんばろう」

このとき、喜八郎が嬉し泣きに泣いた。

おまけに記録的な猛暑のせいか、蟬までが命をふり絞って鳴いていた。

だから蟬の声を聞くと、わたしは今でもこの年の激動の夏を思い出す。

七月に塁と別れ、八月に喜八郎と籍を入れ、九月に身内だけで披露宴をおこなった。父の病気のことがあるので、先方の親からも特に異議は出なかった。この披露宴で父と母に泣かれた。姉も義兄も泣いていた。

新婚旅行は夏休みのあいだに一週間だけ沖縄へ行った。急に決まったので、海外のめぼしいハネムーンツアーはどこも一杯だったのだ。

わたしたちは吉祥寺のマンションに新居を構えた。京王線の奥のほうで不動産屋を営んでいる北井家では、長男の結婚のために実家から徒歩五分のところにある掘り出し物の分譲マンションを購入する用意ができていたのだが、当面は賃貸でいいから吉祥寺に住みたいというわたしのわがままを通させてもらった。

塁とは音信不通になっても、せめて近くの街にいたいと思わなかったと言えば嘘になる。二人の通勤のことを考えればどちらにとってもまあまあ便利で、吉祥寺は学生時代からよくデートした街だったし、喜八郎も気に入っている店がたくさんあったので、彼は文句は言わなかった。

妊娠するまで勤めは続けることになった。

本当に忙しい夏だった。あまりにも忙しかったおかげで、塁のことをしみじみ追想する暇もないほどだった。それはわたしにはとても有り難かった。

彼女の消息は知るべくもなく、まだ三鷹に住んでいるかどうかもわからなかった。時々文芸雑誌を立ち読みしては、塁の作品が載っていないかチェックした。小津康介の評論も欠かさず読んだが、塁の名前を見つけることはできなかった。

そのようにして、半年が過ぎた。塁のいない時間が、いつも喜八郎のいる時間が、半年分流れた。父はこつこつと闘病し、喜八郎はせっせと子作りに励んだ。

そしてあの冬がやって来た。


教職員の朝は早い。放課後も会議やら補習やら部活やら組合の集まりやらで、遅くなることが多かった。わたしは会社が終わると渋谷西武や吉祥寺ロンロンで食料品を買い込んでまっすぐ帰り、必ず二人ぶんの食事を作って夫を待った。たまに彼のほうが早く帰ると、お米くらいは研《と》いでいてくれたり、洗濯機を回しておいてくれたり、お風呂を沸かしていてくれたりした。

喜八郎は良い夫だった。食器も洗ってくれるし、ゴミも出してくれる。食後のコーヒーをいれるのも、風呂場の掃除をするのも彼の役目だった。そしてわたしが作ったものは必ず全部きれいに食べてくれる。何を出してもおいしいと言って、たくさん食べる。親戚づきあいも近所づきあいもそつなくこなし、わたしの友達が遊びにくれば笑顔で応対し、癌治療の最前線についてもよく勉強してわたしにいろいろ教えてくれた。

わたしたちは日曜日になると井の頭公園に行き、ボートに乗ったり、運動場でバドミントンをしたりした。また車で奥多摩へ遠出したり、テニスをしたり、ピクニックに出かけたりした。喜八郎は外で体を動かすのが好きだった。日曜日ごとに家族連れの波に揉まれていると、塁からどんどん遠く離れて、自分だけがすぐ買えるような安っぽい幸福を抱きしめていると感じることがあった。そのたびにわたしは太陽と、太陽のような男を少しだけ憎んだ。

セックスは決まって土曜日の夜にした。週一のノルマは彼にはきついようだったが、父のために残された時間は限られているので、夫婦の務めは怠らなかった。それは純粋に生殖のためのセックスだった。この三年間であまりにも塁の体に馴染んでしまっていたために、わたしは男性のペニスにうまく感じることができなくなっていた。正直に言えば、邪魔だとさえ思った。たしかに瞬間的な快楽はあるが、勃起しなくては何もはじまらず、射精してしまえばそれでおしまいとは、まことに不便な装置ではないか。そんなものは入れなくていいから、永遠に前戯だけを続けていてくれればいいのに、と思ったりした。でもそれでは赤ちゃんは生まれない。

喜八郎はもともと淡泊な性質だったが、三十代も半ばにさしかかり、仕事のストレスもたまって、時々インポテンツになるようになった。とにかく子供を作るため、そういうときは自分から率先してフェラチオをして何とか事を運ぼうとするのだけれど、だんだん馬鹿馬鹿しくなってくるのだった。

「昔はこんなことしてくれなかったよな」

「大人になったのよ」

「悪い男に教わったのか」

「さあ、どうかしら」

　相手を気持ちよくさせるためになら、どんなことでも厭わない姿勢を愛というのだと、わたしは塁に教わった。愛のないセックスはしてはいけないと、塁は教えてくれただろうか。生殖のためだけのセックスほど不潔なものはないと、塁なら言うだろうか。

「おまえは淫乱な女だ。そんなに俺がほしいのか」

　ほしいのはこれではない。赤ちゃんだ。ひたむきにわたしのおっぱいを吸ってくれる、塁のような赤ちゃんがほしい。

「早く大きくなって。早くアレをいっぱい出して。早くわたしに赤ちゃんをちょうだい！」

　大きくなると、夫はわたしの乳房をぎゅうぎゅう揉みながら腰を振り、そしてたちまち果ててしまう。わたしは何かを感じている暇もない。こういうのはセックスとは言わない。ただ赤ちゃんの素《もと》をわたしの子宮へ注ぎ込む儀式なのだ。ここにはエロスはない。しかし安らぎはある。わたしはそれ以上のものは求めない。あの三年間で一生ぶんのセックスをしてしまったのだ。それで充分だとわたしは思っていた。

「明日由美たちと飲み会があるんだけど、一緒に行く？」

「やめとくわ。日曜日ブラバンのコンクールなんだよ。朝早いから」

「ごめん、忘れてた。わたしも応援に行くから、早めに帰るね」

「いいよ。ゆっくりしてこいよ。みんなによろしくな」

喜八郎はわたしがたまに飲んで帰って遅くなっても決して文句を言わない。わたしのほうでも結婚してから飲み会に出るのはごくまれになっていたし、出かけても十二時前には帰るようにして気を遣っていた。

それは空も道も凍てついた、師走の寒い土曜日の夜だった。会は渋谷で八時からあり、わたしは夫へのクリスマスプレゼントを探すため、少し早めに家を出た。今年は上等のカーディガンをあげることに決め、渋谷から青山にかけて気に入ったものが見つかるまで何軒でも歩いて探すつもりだった。ところが最初に入ったパルコでこれ以上はないという品物を見つけてしまい、飲み会までの時間をつぶすためにパルコブックセンターに入った。

クリスマスカードを選び、雑誌のコーナーで女性誌を立ち読みし、文庫本を一冊買って、新刊コーナーに出た。好きな作家の新しいエッセイ集を探していると、まったく思いがけないところから、ふいに目の前に、懐かしい名前が飛び込んできた。

山野辺塁の新刊が、夥《おびただ》しい本の山の片隅で、ひっそりと平積みされていた。

「あっ」

わたしは声をあげてそれをつかんだ。手がふるえ、胸がどきどきした。

『ジュネの再来と謳われた／幻の作家の／幻の小説』

帯にはそう書かれていた。白踏社から出ていた。その短いコピーが古巻氏のラブレターのようにわたしには見えた。そしてこれは、塁の背骨に違いない。わたしと別れてから、どんな思いで再びペンを握ったか。あの禁欲的な部屋でどれほどの孤独に耐えたか。塁の匂いを嗅ぐように、わたしは本の匂いを胸いっぱいに吸い込んだ。紙とインクの清潔な匂いがした。むざむざと結婚してぬくぬくと暮らしている自分をわたしは初めて恥ずかしいと思った。恥辱にまみれ、捨ててきたあの日々への追憶に我を忘れて、わたしは本を抱きしめたままただただ茫然とその場に立ちつくした。そのとき、その声が聞こえた。

「その本、買わないんですか？」

息がとまるかと思った。心の準備をして、振り向いて、そしたら腰がぬけそうになった。

「買えばいいのに」

困ったような、照れたような顔をして、まぎれもない塁がそこに立っていた。

「ええ、もちろん……もちろん買うわ」

わたしは持てるだけの本を夢中で抜き取り、全部で十冊抱きかかえると、値段も見ないで迷わずレジに持っていった。支払いをすませるまで塁はじっとわたしを見ていた。

「サインをしていただける?」

「いいですよ」

「こんなにあるから、そのへんの喫茶店で」

外に出ると、ああ何ということか、みぞれまじりの雨! でも今度は塁が傘を持っていなかった。わたしはバッグから折り畳みの傘を出して広げ、塁を招き入れた。

「クーチはいつも雨の中に立っている」

「おめでとう。よかったね。よかったね、塁」

あとは言葉にならなかった。わたしは嬉しくて泣いたのではない。悲しすぎて泣いたのだ。わたしが見たものは、わたしがしたことに対しての残酷な復讐だったのか?

塁の頭は、すっかり白いものに覆われていたのである。

11

「で、何て書けばいいのかな」

塁はウインナコーヒーを注文すると、本を広げてわたしの新しい姓を尋ねた。

「北井になったの。でもクーチって書いて」

「やっぱりキハチローと結婚したんだ」

塁はさっき買ったばかりのサインペンで一冊ずつ丁寧にサインしてくれた。

「まだ三鷹に住んでるの？」

「猫がいるから引っ越せない」

「わたしは吉祥寺に越したの」

「ああ、そう。近いね」

塁は顔を上げずに黙々とサインを続けた。わたしは何か話しかけたい気持ちを止めることができない。

「猫たち元気？」

「うん」

「塁も元気だった？」

「この通り、白髪が増えちゃった」

それは増えたなどという生やさしいものではなかった。黒い毛のほうが少ないくらいだった。塁は以前から若白髪だったけれど、たかだか半年くらいのあいだにこんなふうになってしまうのは、よほどのことに違いない。わたしはマリー・アントワネットの有名なエピソードを思い出していた。革命の暴徒と化した民衆に捕らえられて護送されるとき、一夜にして美しい金髪が総白髪になってしまったというあの話を。

「そのへんの茶髪より断然かっこいいわよ。なんかシブくて、塁にとてもよく似合ってる」

それは本当だった。生来の威厳があるせいで、フランスあたりの前衛芸術家のように見えなくもない。顔が小さくて、頭の形がよくて、どんなに無造作にしていても塁のショートカットはサマになっていた。わたしは塁のさらさらの髪を撫でるのが好きだった。

「できたよ」

十冊全部にサインし終えて、本を袋に入れて渡してくれた。

「重いね。持って帰れる？」

「平気。井の頭線で一本だから」

「駅から何分？」

わたしは初めて会ったときにも同じ質問をされたことを、甘い痛みとともに思い出す。

あれからわたしたちは何と遠くまで来てしまったことだろう。

「十二分」

「じゃあ、おうちまで運んであげる」

これから飲み会があるとはとても言えなかった。そんなものより、わたしは塁といたかった。しかし、塁はわたしの一瞬の躊躇を察してしまった。

「あ、これから用事なの？」

「実は由美たちと忘年会なの。でも別にやめてもいいのよ」

やめて、その先に何があるのだ。塁はそんな目でわたしを見ていた。家まで送っていっても、家の中には夫がいる。ふたりきりになることはできない。

いや、そこまで考えていたのはわたしのほうだった。塁とふたりきりになりたいと願っているのはわたしのほうだった。塁が何を考えているのかは読めない。もしかしたら、もうわたしのことなど忘れてしまったのだろうか？　わたしが結婚したように、塁にも新しい恋人ができていたとしても不思議はない。あんなに性欲のつよい塁が、半年もひとりでいられるわけがないのだ。

「塁こそ、これから誰かとデートなんじゃないの？」

「そんなひとはいない」

「いないわけないわ。本も出たことだし、また本屋さんでナンパしてるんでしょう」

「あんなのにひっかかるのはクーチだけだよ」

「まさか、ずっとひとりなの？」

　塁は無表情に頷《うなず》いた。わたしは激しく心が揺さぶられるのを感じた。この言葉こそ、わたしがもっとも待ち望んでいた、愛の告白ではなかったか。塁の幸せを願いながら、塁にはひとりでいてほしかった。塁が誰か他の女のおっぱいを吸っているかと思うと、心の内側の一番やわらかい部分に火がついたような苦しさを感じた。自分は男のペニスを吸っていたくせに。わたしは何と自分勝手な、卑劣で破廉恥《はれんち》な女だろう。

「クーチと別れてから、誰ともつきあう気持ちになれなくて。あんなことをもう一度繰り返すくらいなら、孤独に耐えるほうがいい」

「ごめんなさい……ゆるして」

　わたしは塁の右手を取り、両手の中に包みこんだ。そうすれば彼女の孤独が少しでも癒されるとでもいうように、何度もこすってあたためた。何でだかそうしないではいられなかった。塁はある種の苦痛に耐えるかのように、じっと何かに耐えていた。塁の手はその目と同じように冷たかった。そんな中途半端なぬくもりなどほしくない。男に抱かれている手で、その汚い手で、わたしの心を触るんじゃない。塁の目はわたしにそう語りかけていた。わたしは恥じ入って手を離した。

「クーチが幸せなら、いいんだ」

「塁が幸せになってくれなきゃ、わたしも幸せにはなれないのよ」

　偽善者の言葉だ。誰かと幸せになるのではなく、ひとりで充足する幸福をわたしは塁に望んでいる。ここで会ったが百年目。わたしは自分の気持ちに気づいてしまった。すなわちまだどうしようもなく塁を愛しているということを。

「人は人を踏み越えて前に進むんだよ。気にしなくていい」

　塁が口の端についたウインナコーヒーのクリームを舌の先でぺろりと舐めて、悪戯っぽくウインクした。それだけで、塁の舌をちらりと見ただけで、腰から下が痺れるようになり、乳首が立ってくるのがわかった。夫の舌で実際に舐められても、そんなふうに肌が粟立つことは一度もないのに。

「こっち側にまだついてる」

「えっ、どこどこ」

　わたしは塁の口元に手を伸ばして、人差し指でクリームを拭ってやった。ほら、と塁に見せると、塁はわたしの手をそっとつかんでその指を舐めた。熱い舌だった。こんなにも冷たい目をしていながら、熱くてやわらかい、あの懐かしい舌だった。乳首は痛いほどそそり立っている。体の芯が溶けそうになる。

　わたしは恍惚を悟られまいとして、わざと乱暴に指を引っ込め、コーヒーを飲み干して時計を見た。

「十冊も買ってくれてありがとう」

「もっと買うわ。もう十冊買うわ」

「有り難いね。持つべきものは昔の女、か」

「買ったら電話してもいい？　またサインしてほしいの」

「どうぞ」

塁はネイビーブルーのダッフルコートを着て席を立った。そういえばネイビーブルーのダッフルコートがこんなに似合う女の人をわたしは知らない。

「行っちゃうの？　本を運んでくれないの？」

「旦那に迎えに来てもらいなよ」

それから塁は国連軍の兵士が被っているような、カッコいいアーミーベレーをコートのポケットから出して斜めに深く被り、白髪を隠した。

そしてさっと伝票をつかんで、公園通りの雑踏のなかに消えてしまった。

さよならも言ってくれなかった。


その夜、わたしは少し飲みすぎて、珍しく悪酔いした。

別の友人のところに泊まるはずだった由美が、急遽わたしを送ってうちに泊まることになった。右手に塁の本、左手に喜八郎のカーディガンの入った紙袋をぶら下げてよたよた歩くわたしを見かね、由美がひとつ持ってくれた。

「重たいほう貸して」

重たいのは喜八郎のではなく、塁のものだった。この偶然の買い物を何か意味あることのようにとらえたがるのはもちろん愚かなことだ。

「うわー、ほんまに重たいなあ。何が入ってるのん、これ？」

「塁の本。やっと二冊めが出たのよ。一冊あげる」

「とっくに買って読んだわ」

「ええっ、一体いつの発売だったの？」

「先月やったかなあ。小津康介がまたベタ褒めしてるよ」

何も知らなかった。そんなこと何も知らなかった。小津康介の文章もいつだって気にかけていたのに、たまたま今月号はまだ目を通していなかっただけだ。

「何で教えてくれないのよ！」

「毒やろ、そんなん読ませたら。家庭不和の原因作りたくなかったんや。わたしは一応、キハチとも友達なんやからね」

「そんなそんな、わたしが読んだら夫婦の危機につながるようなことでも書いてあるわけ？」

「今度のはなあ、女どうしの恋愛小説や」

わたしは心臓が凍りついた。塁が私小説作家の系統であるとは言えないが、見たもの聞いたもの体験したもののすべてを書くのが作家の本能だとするなら、わたしたちのことを小説のネタとして使うことも充分にありうるではないか。わたしはそんなことにたった今気づいて、おそろしく不安な気持ちになった。

「恋愛小説というより、性愛小説というべきかなあ。全編濃厚なセックス描写。最初から最後まで女ふたりがベッドにいて、ひたすらやりまくるポルノなんやけど、それがちっともいやらしくないというか、品があるんや」

「それ、わたしが出てこなかった？」

「ひとりは二十代の詩人で、もうひとりは三十代の人妻やったよ」

「その人妻にはお尻の割れ目にホクロがなかった？」

由美は思わず絶句した。やっぱりそうだ。まさか、まさか、そんなことまで書いていたとは！　わたしは頭を抱えて駅のホームに座りこんだ。

「やられた。あいつ、やっぱり悪党だわ」

「ほらね、教えなくて正解や。読まずに全部古本屋に売るとええわ」

「サインをしてもらっちゃったの。売れないわよ」

「会ったの？　信じられない。何考えてんの？」

「今日、本屋で偶然によ。わたし、喜八郎を裏切るようなことは何もしてない」

「塁ちゃん、どんなふうやった？」

「塁は……塁は……ひとりだった。ひとりで生きてた。ひとりっきりで。……わたし、どうしよう」

わたしはホームの床に座りこんだまま、塁の姿を反芻した。そのとき井の頭線がゆっくり滑り込んできた。由美はわたしを立たせ、乗客の邪魔にならないようにした。

「どうもこうもないやんか。会ってしまったことは事故やと思って忘れるんやな」

「それでも、胸がぎしぎし鳴るの。髪なんか真っ白になっちゃって。わたしのせいだわ」

「二度と会ったらあかんよ。塁ちゃんはな、あの小説を書くことによってあんたとのことにケリをつけたんや。これ以上会ったりするのは残酷や」

由美の忠告は身にしみたが、わたしは反対されればされるほど燃えてしまう性格だということを、この友達は忘れていたろうか。

吉祥寺に着いて駅から喜八郎に電話すると、車で迎えに来てくれた。

「急にごめんねえ、キハチぃ」

「いいって、いいって。布団敷いといてやったぞ。腹はすいてないか？」

わたしはその夜、一睡もせず朝まで塁の本を読み続けた。喜八郎は熟睡し、由美も酔いと疲れのため爆睡していた。二人の鼾《いびき》を聞きながら、わたしは夢中で塁の小説世界へ引き込まれていった。それはそのままわたしたちの過去の蜜月に引きずりこまれていくことだった。わたしたちの天国と地獄をリアルに追体験することに他ならなかった。一から十までそれはわたしたちのことだった。わたしが死ぬ思いで封印した記憶のかさぶたを、鋭利なメスでひとつひとつ丁寧に剝がし、再び傷口を抉《えぐ》り出して鮮血を滴らせてみせるのが塁の仕事だった。その血しぶきの一滴一滴が言葉であり、血溜まりのぬかるみが文章なのだった。やがて執拗に露わにされすぎた傷口は致命傷となり、ひとつの死体ができあがる。その無残な死体のことを塁の世界では文芸作品というのだった。

「ゆるせない」

朝の光の差し込む部屋で、わたしは声に出してつぶやいていた。塁はわたしたちのかけがえのない恋の記憶を血まみれの死体にしてしまった。そんなことがゆるされていいはずがない。人は人を踏み越えて前に進むのだという塁の言葉を、わたしは今さらのように噛みしめていた。それはこういうことだったのか。あなたはそんなにもわたしが憎かったのか。これを書かずにはいられないほどあなたはぎりぎりのところに立っていたのか。この本はあなたの背骨どころか、命だったのか。

もちろん、その死体には腐臭ばかりでなく、花の香りもあった。二人の女のあいだには肉欲を超えた永遠の絆が、至上の愛としか呼びようのないものがあったから。わたしはそれに救われた。しかしそれでもなお、わたしにはゆるせるものではなかった。

わたしはコートを羽織るとキッチンを抜け、表に出た。新聞配達の青年とぶつかりそうになりながら大きい通りまで歩いて、タクシーを拾った。

「三鷹の××寺まで行ってください」

珍しく女性の運転手さんに当たった。菅井きんをもう少し太らせてもう一回り若くした感じの、さわやかな中年女性だった。ダッシュボードの上にスナップ写真が貼りつけてあって、小学生くらいの男の子ばかりが三人と彼女が写っている。

「それ、お子さんの写真ですか？」

つい尋ねると、菅井きんさんは明るく笑った。

「十年くらい前のね。もう全員就職しちゃって。一番良かった頃の写真です」

「ご主人は写ってないようですね」

「逃げられちゃったんですよ。ちょうどこの頃かな。ええ蒸発。実は亭主探したくてタクシーはじめたんですよ」

　早朝の話題としてはいかにも重い家庭秘話が屈託なく語られた。

「あの、ちあきなおみのカセットかけていいですか？」

「どうぞどうぞ」

　その写真を見て、おばさんの話を聞いて、ちあきなおみの歌を聞いているうちに、わたしは突然我に返った。わたしは何をしているのだ。喜八郎がそろそろ起きてくる時間だろう。熱いコーヒーをいれ、トーストを焼き、サラダと目玉焼きを作ろう。そして一緒にコンクールへ行くのだ。生徒たちとエルガーを聴き、終わったあとで喜八郎がみんなにお好み焼きを御馳走してやるだろう。生徒の誰かがきれいな奥さんですねなんてお世辞を言ったら、わたしは大喜びしてさらに甘味も奮発してやろう。それが教師の妻の務めだ。そういうのを本当の幸福というのだ。

「すいません。やっぱり戻ってもらえますか」

「はい。さっきのところですね」

　運転手さんはミラー越しにわたしのコートの裾から覗いているものをちらりと見た。わたしはパジャマを着たまま飛び出してきたのだった。

「どこ行ってたんだよ」

マンションに戻ると喜八郎が歯を磨きながらのんびりと尋ねた。

「ちょっと牛乳を買いに行ってたの」

「いくらコンビニだからって、服ぐらい着替えて行けよな」

「はいはい」

喜八郎が塁の本を見た形跡はない。この点について、わたしはほとんど心配していない。彼には小説アレルギーがあって、小説と名のつくもの、特に日本の文学を読む習慣はまったくないのだ。わたしが彼を結婚相手として選んだ最大の理由は、実はそこにあったのである。

12

結婚して初めてのクリスマス・イヴがやってきた。

わたしも喜八郎も昼間は仕事なので、夜の八時に吉祥寺で待ち合わせて、外で食事をすることになっていた。彼はイヴの夜に妻を伴う気のきいた店のリストの持ち合わせがなく、下手をすると居酒屋へ連れて行かれそうだったので、わたしがあらかじめフランス料理の店を探しておいて、予約を入れておいた。

七時に帰宅してクリスマスケーキを焼いていると、喜八郎から疲れた声で電話が入った。

「大変なことになった」

と彼は言った。彼のクラスの生徒が新宿の繁華街で暴力事件を起こして警察沙汰になった。少し厄介なことになりそうなので、今夜は遅くなるというのだ。

「ごめんな。埋め合わせは明日するから」

「いいのよ。仕方ないじゃない」

「先に寝てろよ」

「そんなに遅くなるの？」

「帰れないかもしれないんだ」

「警察に泊まるの？」

「それがあいつ、まだ逃げてるんだよ。だから学校に詰めてる。それに殴られた相手の生徒がちょっと危ない。かわいそうに、打ちどころが悪かったんだ。校長から何から全部集まってる。参ったよ」

　この生徒は学校でも札付きの問題児で、担任である喜八郎はたびたび彼に振り回され、遅い帰宅を余儀なくされていた。この生徒一人で十人分くらいの労力を使わされていたように思う。何度か退学になりかけたのを喜八郎がかばっているようだった。

　喜八郎は独身時代も結婚してからも、好んで学校の話をした。だから三年A組の高須《たかす》くんといえば、わが家では梅干しと同じくらい食卓の友といってよかった。

「わたしに何かできることある？」

「帰ったとき、うまいメシを食わせてくれたら嬉しいよ」

「何でも好きなもの作ってあげる。がんばってね」

　あいつはいつか人殺しでもしそうな目をしている、と喜八郎は前に言っていた。わたしは喜八郎の本棚からアルバムを取り出してクラス写真を眺めた。その生徒は、塁と同じ目をしていた。薄い三日月を宿した獣の目だった。

　わたしはレストランに電話して予約をキャンセルし、塩鮭の切り身を焼いて簡単な食事をすませた。クリスマス・イヴをひとりで過ごすのは何年ぶりだろう。思い出せないほど昔のことだ。少なくともこの三年間は塁がいた。

「餅は餅屋、ケーキはケーキ屋に限る」

と言って、塁はわたしの焼いたケーキを食べたがらず、いつもドイツの菓子職人がやっている店でクリスマスケーキを買ってきた。わたしは喜八郎をはじめとして歴代のボーイフレンドたちに毎年手作りケーキを食べさせてきた自負があるので、ドイツの職人よりおいしいものを作ろうと対抗したが、塁が一切れ以上食べてくれたことは一度もなかった。

「スポンジが固すぎるし、生クリームが甘すぎる。クーチの男たちはよくこんなもの食べてくれたね。味覚がないか、人が好すぎるか、どっちかだね」

塁はプレゼントの交換もしたがらなかった。

「別れたあとで、クーチのくれたカシミヤのセーターなんかがタンスの中から出てきたら、どうしたらいいかわからない」

と言うのだった。写真を残さなかったことにもつながる、塁らしい刹那主義だった。

「別れるときは、クーチの前から煙のように消えたい」

とよく言っていた。あの小説さえなければ、そのもくろみは見事に成功していたことだろう。

焼き上がったケーキを味見してみると、今年の出来はすばらしく良かった。デコレーションも完璧にできた。でも少し大きすぎたかもしれない。うっとりと眺めているうちに、わたしはどうしてもそのケーキを塁に食べさせたくなってしまった。もし塁がひとりでいるのなら、ケーキを届けることくらい、いけないことがあるだろうか。

あれ以来、塁のことは胸の底にしまいこんで鍵をかけてきた。でもその鍵はたびたび壊れた。うまくかからなくて、いつも胸の隙間から塁の白い頭がはみ出してくるのだった。それにわたしには一言くらい文句を言う権利があるはずだった。何と言ってもお尻の割れ目のホクロのことまで書かれたのだ。あと十冊買うと言った手前もある。もう一度サインを頼まなければ、わたしは嘘つきになってしまう。一度だけだ。あと一度だけ会って、サインをしてもらって、一言だけ文句を言えばそれでいい。それですべて終わりにできる。このままではどうしてもわたしの気が済まない。

わたしはケーキを箱に詰め、塁と別れてから一度もつけていないディオールの香水を棚の奥から出してつけ、化粧を直した。そしてそれぞれに華やぐカップルたちとすれ違いながら、吉祥寺の駅前まで小走りに歩いた。大きめの本屋を何軒か見たが、塁の本を平積みにしているのはやはりパルコブックセンターだけだった。積んであった八冊と棚差しになっていた一冊、それが在庫のすべてだった。わたしはどうしても約束の十冊全部揃えたくて、中央線に乗って三鷹まで行った。三鷹じゅうの本屋を歩き、やっと一軒の店で一冊だけ棚差しを見つけ、買い占めた。

それから電話ボックスに入り、深呼吸して、忘れたくても忘れようのない番号を押した。一回のコールであの懐かしい声が聞こえた。

「約束の十冊、買ったわよ」

息を呑む気配が伝わってきた。

「今三鷹にいるんだけど、もしひとりでいるんだったら出てこない?」

「どうしたのクーチ。クリスマスだよ」

「誰かと一緒なの?」

「ひとりだよ」

「仕事してたの?」

「いや、別に」

「だったら出ておいでよ。サインしてくれる約束でしょ」

「わかった。三十分で行く」

だが塁があらわれたのは四十五分後だった。待ち合わせたのは小さなジャズ喫茶で、今日この日、ジングルベルを聞かずにすむ唯一の場所だったかもしれない。

「もう買ってくれなくていいよ。クーチが買い占めると他の人が買えなくなる」

塁は席に着くなりコートも脱がず帽子も取らずに悪態をついた。

「本は売れてる?」

「売れるわけないじゃん。純文学だよ」

塁はなぜかいらいらしていた。わたしが差し出した本に黙々とサインしている塁には、話しかけづらい雰囲気があった。

「急に呼び出したから怒ってるの？」

「クリスマス・イヴだよ。旦那はどうしたの」

「仕事で帰れないの。ほら彼、教師だから。二十四時間営業みたいなものだから」

「だから寂しくて電話してきたんだ？　ちぇっ、やってらんないよ」

塁はすさまじい殴り書きでサインし終えると、出てきたココアも飲まずに席を立とうとした。

「何よ、その態度は！　やってらんないのはこっちのほうだわよ！　この小説は何よ！よくもあんなことまで書いてくれたわね！　恥を知りなさい、恥を！」

店じゅうの人間がわたしと塁を見た。自分が取り乱して、大声を出していることに、わたしは気づいた。

「出よう」

「わたしはここにいたいの。ジャズを聴きたいの。ココアを飲みたいの」

わたしは塁を睨みつけながら、ふるえて言った。すると塁は、意外にも弱々しく反撃に出た。

「どうしてこんなことするの？　せっかく忘れようとしてたのに。どうしてまたわたしの前にあらわれるの？　わたしはね、クーチのこと死んだと思って生きてきたんだよ。それでも夢に出てくるから、眠るのもいやになったよ。わたしがどんな思いでここまできたと思ってるの?」

「あのときパルコで声をかけてくれたのは塁だったじゃないの」

「夢にまで見た人が目の前にいたら、それはがまんできないよ」

「塁が幸せそうだったら、わたしもこんなことしなかった。塁がすごく寂しそうだったから、だからごめんなさい」

抑えても、抑えても、迸《ほとばし》り出てきた。涙も鼻水も後悔も未練も、たらたらと止まらなかった。塁は手のひらでわたしの顔を拭いてくれた。そしたらもっと止まらなくなった。垂れてくる鼻水も厭わずに、きれいな指で拭ってくれた。

「うちに帰りなよ。誰かの胸に。安全な茶の間に。テレビとバスタオルのある場所に。ぶくぶくと太って幸せになりなよ。そして二度とわたしの前にあらわれないで」

「わかったわ。わかったから、今夜だけ一緒にいちゃいけない?」

「もし今夜一緒にいるなら、二度と彼の家には帰らないでほしい」

わたしは一瞬、その言葉に縋りつきそうになった。

だが塁は、次の瞬間にはフッと笑って空気を変えた。

「冗談だよ。もうお帰りよ。今日は本を運んであげられる」

店じゅうの人の視線を痛く浴びながらわたしたちは店を出た。いきなり商店街の店という店からクリスマスソングがわたしたちの上に降ってきた。フランク・シナトラもあれば山下達郎もあった。ジェシー・ノーマンもジョン・レノンも松田聖子も歌っていた。

塁はまるでゴミをよけるように注意深くそれらの歌をよけながら歩いた。

二人で電車に乗っていると、あの頃にタイムスリップしたような錯覚に襲われた。これから学芸大学のアパートに帰って、鍋かなんかつついて、ベッドでイチャイチャしながらビデオでも見そうな感じがした。塁も同じことを考えているのがわたしにはわかった。

「わたしが失ったもののなかで、あれが一番大きい」

と塁に言ってみたが、塁はポカンとして意味のわからないふりをした。

駅からマンションまでの道を歩きながら、塁は、

「この団子屋、おいしいんだよ。知ってる?」とか、

「ここの春雨サラダ最高なんだよね」とか、

「ここんちのカプチーノを飲んだら他のは飲めない」とか、
食べ物屋さんの情報ばかり教えてくれて、間《ま》をもたせた。

マンションに着くと、塁は眩しそうに建物を眺めた。

「三階の一番奥なの。上がってケーキを食べていって」

「中には入らないよ。ドアの前まで」

「じゃあ、このケーキ持っていってね」

三階まで上がると、わたしの部屋の前に誰かが立っていた。野球帽を目深に被って革ジャンを着た、高校生くらいの男の子だった。

「うちに御用ですか?」

「ここ北井先生のお宅ですよね」

「生徒さん?」

「先生いますか」

「今いないけど、どうしたの?」

「じゃあ、わたしはこれで」

塁はドアの前に荷物を置くと、熱い目で一瞬わたしを見つめて、踵《きびす》を返した。

遠ざかる塁の背中を見送っているその隙だった、男の子が突然わたしの腕をつかんで、低い声で呻いた。

「ドアを開けろ。中に入るんだ」

痛い、と小さく叫んだわたしの声を、塁は聞き逃さなかった。階段の手前で歩をとめ、静かにわたしを振り返った。

「クーチ?」

「何でもねえよ。行けよ。何でもねえんだよ」

「クーチ、どうした?」

「あいつに何でもねえって言いな。早く」

彼の手を振りほどこうとして揉み合い、野球帽が落ちた。薄い三日月の獣の目が光っていた。

「助けて！　助けて、塁！」

すぐさま腋の下にナイフのようなものが突き付けられた。塁が走ってくるのと、彼がわたしの手からキーホルダーを奪って鍵を開けるのと、ほとんど同時だった。わたしたちは三人で部屋の中へなだれこんだ。

「あなた、高須くんね。どうしてここにいるの」

「うるせえ。やつはどうなった？」

「主人なら学校に……」

「北井じゃねえよ。俺が殴ったやつだよ。聞いてねえのかよ」

「きっと助かるわ。ヤケ起こさないで警察に行きなさい。ついていってあげるから」

塁はわけがわからないといった顔で成り行きを見守っている。高須がナイフをちらつかせているので身動きができない。

「何もかも知ってんのかよ。ちくしょう、ふざけんじゃねえよ」

「何しにここへ来たの？　主人と話したくて来たの？」

「誰があんなやつ。金だよ。金出せよ」

「いくらほしいの？」

「十万でも二十万でも、あるだけ出しな」

「あげてもいいけど、何に使うの？」

「トンズラするに決まってんだろうがよ」

「わかったわ。今銀行からおろしてくるから、ちょっと待ってて」

「だめだ信用できねえ。この女が人質だ。こっそり通報なんかしやがったら、刺すぜ」

高須は乱暴に塁の髪の毛をつかんで、首すじにナイフをぴったりとつけた。

「やめなさい！　その人に手を出したらただじゃおかないわよ」

「うるせえ！　喚《わめ》きやがるとこいつを刺すぞ」

「刺しなよ、坊や」

塁は微塵も臆することなく、さらりと言った。

「何だとてめえ、なめてんじゃねえぞ」

高須は容赦なくナイフに力をこめた。じわっと切れて、血が滲み出てくる。塁はひとつも顔色を変えない。それどころか、ほほ笑んでさえいる。

「もっと思いきってズバッと刺しなよ。痛くもなんともないよ」

「お願い、やめて。お願いだから、やめてーっ！」

さらに深く、ナイフが入った。塁の恍惚とした表情を見て、凶暴な獣の目が畏怖のまなざしに変わった。

「死にたいのか、おまえ？」

「死にたくはないけど、別に命が惜しくもないんでね」

そのとき、激しくドアがたたかれた。わたしの悲鳴を聞きつけた隣の人が管理人を呼んでくれたのだった。やがて合鍵でドアが開かれて、すぐに警察と救急車が呼ばれた。

でも塁は、かすり傷だからといって救急車に乗るのを頑なに拒んだ。首にマフラーを巻きつけて、何事もなかったかのように帰ろうとした。帰り際、

「昔よく言われたよ。三十になれば楽になるから、もっと楽に生きられるようになるから、って。それはたぶん本当のことだよ。何があったか知らないけどさ」

高須にこんな言葉をかけてやる思いやりさえ見せていた。

あとになって、なぜあんなことをされたのに警察にも言わず、やさしい言葉までかけてやったのか、きいてみた。

「目がさ、弟みたいだったから」

と、塁は言った。

13

明け方、喜八郎はやつれた顔で帰ってきた。

その騒動の話を聞くと、喜八郎はぜひわたしの「お友達」にお詫びとお見舞いをしたいと言った。幸い、高須が殴った相手の生徒は危ない状態を脱し、後遺症の心配もないということだった。

「その山野辺さんというのは、何をやってらっしゃる方なんだ?」

「小説とか書いてる人」

「おまえ、作家と知り合いだったのか? どこで知り合ったの?」

まさか本屋でナンパされたとは言えなかった。たまたまパーティで一緒になって意気投合したのだ、とわたしは咄嗟に嘘をついた。

「ぜひ紹介してくれよ」

「すごく変わった人なのよ。人間嫌いで、猜疑心が強くて、性格は悪いし、鬱の発作が出ると手がつけられなくなるの。とにかく気難しいのよ。一筋縄ではいかないわ」

「でも友達なんだろ?」

わたしはふと考えた。もし塁と最初に寝ていなかったとしたら、わたしたちは友達になれただろうか、と。二人のあいだに肉欲が介在していなかったとしたら、無二の親友になれただろうか、と。わたしにはわからない。わたしたちはまず寝てしまったのだし、それは寝たいと思ったからだし、性別を超えて激しく惹かれあうものがあったからだろう。塁はともかく、わたしは特に女が好きだというわけではない。わたしは塁が好きだったのだ。

「それはそうだけど」

「友達のこと悪く言うもんじゃないよ。おまえらしくないぞ」

どきりとした。喜八郎にこういう窘《たしな》め方をされると、素直に反省してしまう。こうやって時々彼の性格の美しさに触れるたびに、この男をもっと大事にしなければと思う。

「管理人さんが言ってたけど、結構血が出てたみたいじゃないか。入院したほうがいいんじゃないか？　ひとり暮らしなんだろ？　費用は全部俺がもつから、無理やりにでも病院へ連れていけよ」

「わかったわ」

「とりあえずこれ、見舞い金ということで届けてくれないか」

喜八郎は銀行の袋に入った十万円をよこした。

「あなたの仕事も大変ね」

「迷惑かけてすまない」

「高須くんはなぜうちに来たのかしら」

「俺と話したかったそうだ。警察に一緒に行ってほしかったんだ。部屋の前で待ってたら、きれいな女が二人来たんで、くらくらしたと言っていた。奥さんの香水の匂いを嗅いだら気持ちが変わって、奥さんを姦《おか》して、逃げる気になったって」

「とんでもない子ね。彼女がいなかったらどうなってたか」

「きのう、あれから出かけたのか？」

「ケーキのね、苺が足りなくなったから、ちょっと西友まで買いに行ってたの。そしたら彼女とばったり会っちゃって。あなたいなくて寂しかったから、一緒にケーキ食べようと思って」

口先からするすると嘘が出てきた。でも腋の下には汗をかいている。

「せっかくのイヴを台なしにしてごめんな。はい、メリー・クリスマス」

喜八郎のプレゼントは十八金のピアスだった。小さいがダイヤもあしらってある。

「ありがとう、素敵」

おおげさに喜んでみせると、珍しく朝から抱きすくめられ、スカートのホックをはずされた。セーターもスリップもたちまち剝ぎ取られる。わたしはとてもそんな気分ではなかった。ゆうべあのままひとりで帰った塁を、病院に連れて行かなければならなかった。

「今は駄目。少し寝たほうがいいわ。夜まで我慢して」

「今しかこんなに元気じゃないかもしれないぞ」

喜八郎はブラジャーを剝ぎ取ると、固くなったものをわたしの腹に押しつけてきた。一睡もしてないのに。とても疲れているはずなのに。精神的にもかなりこたえているはずなのに。男の体の仕組み、勃起のメカニズムってよくわからない。ここ最近はこれをふくらませるために顎が疲れてしまうほどなのに。

「どうだあ、エラいでしょう。嬉しいでしょう」

自力で立ったときは本当に嬉しそうだ。こういうときは、つくづく単純な男だと思う。いや、男の生理がつくづく単純だというべきか。

「ねっ、見て見て。僕ちゃんの、こーんなに大きいんだよ」

「あら、エラいでちゅねー。ご立派でちゅねー」

喜八郎はセックスのとき、幼児言葉になることがある。いつもではないが、著しく興奮したときにその傾向があるようだ。学生時代はそうではなかった。教職に就いてから、こうなった。わたしはどうやら保母さんとしての役割を求められているらしいので、自然とそういう口調で対処する。

こういうときは抵抗しても無駄なことがわかっているから、固くなったものをつかんで引き入れてやる。自分で入れるのではなく、保母さんに導いてもらうのが彼の好みなのだ。僕ちゃんが歓喜の声を漏らす。ああ、塁。塁。きのうの塁の顔を思い浮かべながらわたしは腰を振る。塁に指を吸われたときの感覚を反芻しながら夫のペニスを締めつける。夫はあっけなく果ててしまう。

わたしにキスをして、丁寧に精液を拭って、人格を元に戻して、喜八郎はシャワーを浴びに行った。わたしは味噌汁と卵焼きの朝食を作った。

「俺、少し寝るわ。昼めしのとき起こして」

「今からお見舞い金届けてくるわね」

「絶対に入院してもらうんだぞ」

これで堂々と塁に会いに行く理由ができた。わたしはそれが嬉しかった。

三鷹のアパートに出向くと、塁はまだ寝ていたところだったらしく、パジャマのまま玄関口に出てきた。首の包帯が痛々しい。少し血が滲んでいる。

「何しに来たの」

「あなたを病院へ連れて行くわ」

塁は返事をしないでベッドに戻り、つらそうに横になった。猫が一匹だけ特別待遇を許されて、ベッドのはじっこで丸くなっている。基本的に部屋の中には入れないと聞いたが、猫も冬は寒くて入りたがるのだろう。

「まずその包帯を取り替えなきゃ」

塁はおとなしく言う通りにした。古い包帯を剝がすと傷が思っていたより深いのがわかる。わたしは初めて喜八郎を恨みたい気持ちになった。彼が教師でさえなければ、熱心な教師でさえなければ、札付きの不良に愛憎を寄せられるほどのいい教師でさえなければ、塁はこんなことにはならなかったのだ。

「ごめんね。ゆるしてあげて」

「誰をゆるすの」

「あの生徒を。そして喜八郎のことも」

「そんなことはいいよ。何も気にしてない。でもクーチのことはゆるさない」

「塁を捨てて結婚したから？」

「ここへ来たからだよ」

塁はわたしから包帯を取り返そうとして、痛みのために顔を歪めた。

「タクシーで病院へ行こう。ね？」

塁はしんから痛そうに呻いている。顔が真っ青だ。もうわたしに悪態をつく気力も残っていないらしい。わたしは表に飛び出してタクシーを拾った。運転手さんに待ってもらい、塁を引きずるようにして連れていった。塁には逆らう力もなかった。

「一番近い外科の病院へ」

「すぐそこにでっかい大学病院があるはずですよ」

「そこでいいです」

急患ということで、塁はすぐに診てもらえた。だが一般病室にベッドの空きはなかった。一日三万円ほどの特別室ならばあるという。

「ぜひ、そこをお願いします」

わたしはすぐに着替えのパジャマやら下着やらスリッパやらを買いに走った。病室で待っていると、塁が美しい看護師さんに車椅子を押されて入ってきた。

「わあ、ホテルみたい」

鎮痛剤が効いているのか、美しい看護師さんが嬉しいのか、塁は妙に機嫌がよかった。わたしは空調を調えている看護師さんに聞こえよがしに、

「きれいな看護師さんだからって、色目使っちゃ駄目よ」

と釘をさした。塁はムッとしてわたしを睨みつけた。

看護師さんが引き上げて二人きりになると、塁は途端に不機嫌になった。

「もう帰りなよ。もう来なくていいからね」

「そうはいかないわ。体拭いたり、トイレに行ったり、誰かいないと困るでしょ?」

「そんなことは全部看護師さんがやってくれるよ」

「看護師さんは付き添い婦じゃないのよ。そんなことしてくれるわけないじゃないの。それともあのきれいな看護師さんにそういうことをしてもらいたいわけ? わたしじゃなくて、あの看護師さんに体拭いてもらったり、尿瓶《しびん》取り替えてもらったりしたいの?」

「トイレくらい行けるよ。それにここにはシャワーもあるよ。わけわかんないヤキモチやくんじゃないよ。人妻のくせに」

興奮したらまた痛み出したらしく、塁は身をよじって苦しみはじめた。

「痛いの？　苦しいの？　今、看護師さん呼ぶから」

ブザーを押すと、十秒もしないでさっきの看護師さんが来た。足音も聞こえなかった。

「山野辺さん、どうしました？」

「痛い……痛い……痛いよ……」

塁は全身を看護師さんに預けて頼りきっている。わたしはそれを見て胸のつぶれる思いがした。来る夜も来る夜もわたしの乳房に縋りついてきた、あのときの顔そのものだったからだ。

「ちょっと外に出ててもらえますか」

痛み止めの注射でもするのかと思った。もう昼を過ぎていたので、廊下で携帯から喜八郎に電話をかけたが、熟睡しているらしく電話に出ない。もう入ってもいいかと思い、ドアを開けようとして、わたしは息を吞んで立ち尽くした。

うつ伏せになった塁の尻の中へ、看護師さんが指を突っ込んでいるではないか。座薬を入れているのだとわかるまでに数秒かかった。わたしは見てはいけないものをこの瞼に焼きつけてしまった。

「もう大丈夫ですよ。痛みはすぐ引きますからね」

塁は柄にもなく真っ赤になって看護師さんに背中を向けた。この初々しさ。放っておけば必ず塁のほうから恋い焦がれるに違いない。年上で、肉感的で、包容力のありそうな、塁の好みのタイプだった。わたしの脳髄の裏側を、黒い小虫が這い回っている。薔薇を食い潰そうとしているのだ。

看護師さんが出ていって再び二人きりになると、ぐったり横たわる塁の背中に、気がついたらわたしは夢中で抱きついていた。乳房を押しあて、髪の毛を撫でた。塁はじっとそのままにしていた。わたしはパジャマの上から塁の胸に触った。塁は汗をかいていた。ボタンをはずし、直接触れた。塁はまだじっと耐えていた。わたしはパジャマのズボンに手を入れた。下着の上から、中指の腹で中心をなぞった。そこは見る見る湿ってきた。

潤んだ目で振り向いた塁と、目があった。どちらからともなく唇を寄せ、わたしたちはキスをかわした。長いキスだった。それだけでわたしたちは同時に達した。

キスだけでこんなにも遠くまで連れていってくれるのは、塁だけだった。

「ごめんね」

それだけ言うのがやっとだった。わたしは塁から体を離し、布団をかけてやった。

「眠って。夜までずっといてあげるから。事務局と売店に行ってくるけど、何かほしいものある?」

「クーチがほしい」

祈るような、絞り出すような声だった。わたしは涙がでそうになった。

「わたしも塁がほしい」

わたしはカーテンをしめ、指輪をはずし、服を脱いで、塁のベッドにもぐりこんだ。塁は何度でも天国へ連れていってくれた。

いや、それはむしろ、地獄へのはじまりだったのかもしれない。

午後の病室のベッドの中で、わたしたちは白い薔薇の淵を見た。

塁は二十五日に入院し、二十九日には退院してしまった。傷はまだ癒えてはいないのだが、特別室の値段を知って塁が頑なに遠慮したのと、こんなところでお正月を過ごしたくないという理由から、あとは通院で治すことになった。わたしとしても、お正月に塁をあのきれいな看護師さんと一緒にいさせたくなかったので、同意せざるをえなかった。

と言っても、わたしと喜八郎は三十日から三日まで札幌に帰ることになっていたから、お正月には塁をひとりにさせることになった。父の病気のことがなければ、自分たちのせいで怪我を負わせてしまった友達のために東京に残って面倒を見ることもできたが、今年だけはそういうわけにはいかなかった。父には最後のお正月になるかもしれなかった。

塁は毎年、お正月はアパートにひとりでいた。静岡で育ったらしいが、帰るところはないという。わたしはそんな塁が不憫で、札幌から東京に戻るときは蟹やらウニやらイクラやらトラピストクッキーやらのお土産を塁のために盛大に買い込んだ。持つべきものは北海道の女、と塁はいつも言っていた。

入院中、わたしは会社が終わるとすぐ三鷹の病院に出向き、面会時間ぎりぎりまで付き添った。二十八日から会社が休みになったので一日中付き添い、二十九日も退院してから塁をアパートに送り届け、掃除をしたり、洗濯をしたり、買い出しをしたりして夜まで一緒にいた。結局、喜八郎は一度も見舞いには来られなかった。

「お餅も買ったし、お蕎麦も買ったし、紀文のおせちもあるからね。みかんも和菓子もレトルトのカレーもあるわ。塁はインスタントラーメンは食べないし、でもスパ王は食べるでしょ。ハーゲンダッツも十個あるわよ。あと足りないものはないかしら」

塁の冷蔵庫を一杯にすると、最後にすき焼を作って食べた。暮れのすき焼はわたしたちの恒例行事のひとつだった。これだけは、暮れのすき焼だけは、喜八郎とはともにしたくないと思っていた。大みそかには誰だって鍋かすき焼を食べたがるものだが、わが家では必ず鍋になるだろう。死を間近にした父が強く望まない限り、すき焼だけはしたくない。

「おいしい?」

「何もかも、夢みたい。去年のすき焼から何も変わらず続いているような」

「これも不倫になるのかな?」

面会時間の終わりに塁のベッドにもぐりこむのを、わたしはやめることができなかった。塁は何も言わず、愛などとは一言も言わず、キスマークをつけないようにしてわたしを抱いた。もし個室でなかったら、こんなことにはならなかっただろう。わたしはそのあとでシャワーまで使うことができたのだ。

「こんなこと、もうやめよう。もうやめようね、クーチ」

「うん、わかってる。もうやめようね」

もうやめると言いながら、わたしたちはいつのまにかくっつきあっていた。わたしたちは啜り泣きながら貪りあった。しまいには快楽なのか苦痛なのかわからなくなってしまった。そのあとで家に帰るのは本当につらいことだった。

「もうお帰り。バスがなくなるよ」

「帰りたくない。ここにいたい」

「どこかへ逃げようか。遠い南の島でさ、ココナツなんか拾って暮らそうか」

それも悪くない考えだと思ったが、結局はシャワーを浴びて、服を着て、バスに乗った。

バスの一番後ろの席で、マフラーを噛んで、懸命に嗚咽をこらえなければならなかった。

14

年が明け、東京に帰ると、塁がいなくなっていた。

三日の夜に電話したら留守番電話で、翌日の午前中に訪ねるとやはり不在のようだった。郵便受けには年賀状が何通か入っていたが、自転車のカゴに新聞はたまっていなかった。猫たちもとくに腹を空かせている様子はない。札幌のお土産を冷蔵庫に入れたいと思ったが、わたしは合鍵を持っていないのでどうにもならない。連絡を乞うメモをドアの隙間に挟んで、その日は帰った。

次の日も、その次の日も、塁からは何の連絡もなかった。わたしは三日に一度くらいの割合で三鷹に足を運んだが、状況は変わらなかった。新聞はたまっていず、猫は飢えてなくて、郵便受けの年賀状も何枚か増えているだけだった。

考えられるのはどこか旅行にでも出かけたということだったが、新聞はあらかじめ止めてもらうにしても、猫の説明がつかなかった。誰かがえさをやっているとしか思えなかったが、このアパートの住人は全員が猫嫌いで肩身が狭いと言っていたから、見かねた住人ではないだろう。喜八郎に話してみると、

「傷がぶり返して、また入院しちゃったんじゃないか？」

と言うので、それもありうるかと思い、病院に電話して尋ねてみた。

「ああ、山野辺さんなら、しばらく旅に出るのでその間の薬をほしいと言われて、大みそかにお見えになりましたよ」

「何日分もらっていきましたか？」

「できるだけたくさんと言われたんですが、一度にお渡しできる分量が決まっていますのでね、せいぜい数日分だと思いますが」

「どこへ行くとか、言ってませんでした？」

「暑い国って言ってたかしら。蒸れるから包帯に代わるものはないかって」

何ということだ。塁は本当に南へ逃げ出してしまった。わたしを捨てて、わたしとの許されざる逢瀬《おうせ》を捨てて、とうに終わっていた恋をもう一度終わらせるために。

わたしは丁重にお礼を言って電話を切った。喜八郎が不審に思うまで、わたしはその場に立ち尽くしていた。

一月も半ばを過ぎる頃、塁からエアメイルで絵葉書が届いた。バンコクのチャイナタウンの絵葉書だった。喜八郎が見つけてニコニコとわたしに渡してくれた。

『あけましておめでとう。しばらくこちらで小説を書いています。天井のヤモリも、水のシャワーも、蠅のたかる屋台のごはんも、病的な交通渋滞も、もうすっかり慣れました。わたしはこの街で探しものがあるので、それを見つけるまでは長い滞在になるかもしれない。お暇なときで結構ですから、うちの猫たちにごはんをあげてくれると嬉しいです』

それだけだった。どれだけ読んでもそれだけだった。喜八郎は絵葉書を見て、

「取材旅行か。いいよなあ」

と、うらやましそうに言っていた。

「でもこんな安宿にあなた泊まれる？」

「それはいやだな。何のために海外行くかわかんないもんな。ホテルだけは贅沢したいよ」

「探しものって何だろう」

「小説のテーマとか、そういうんじゃないの」

こうして塁の絵葉書をめぐって夫婦で会話できるのは、なんだか奇妙な感じがした。夫の目にも触れるようオープンに通信することによって、わたしの中から塁という人間の重みを意図的に消していこうとしているかのようだった。つまりそれは、自分のことは忘れてほしいという塁のメッセージだったのかもしれない。黙って消えればわたしがとことんダメージを受けることがわかっているから、そうすることが塁のせめてもの思いやりだったのかもしれない。

でもその意図は逆効果だったようだ。わたしの中で塁の重みは減るどころか、どんど

んふくらんでいくだけだった。わたしの体は髪の毛から爪の先まで、墨が詰まっていた。わたしはあまり笑わなくなり、毎晩のように酒浸りになり、家事も手抜きをするようになった。夫との性交渉が耐え難くなり、子供ももうほしくなくなり、会社に行くのもつらくなった。日曜日はもっとつらかった。墨の猫にえさをやるため、墨のいない墨のアパートにかよった。猫たちはひどく腹を空かせていることもあれば、まったく口をつけないこともあった。みんなわたしにもすっかり慣れて、庭に入る前からわたしの足音を聞きつけて迎えに出てくるようになった。一番警戒心の強かったあのグレーの猫でさえ、撫でさせてくれるようになった。わたしは墨を撫でるかわりに墨の猫を撫でた。

その頃から、あの夢を見るようになった。

さっきからわたしの上に降りかかるものが、雪なのか花びらなのかがわからない。それは音もなく温度もなくはらはらとわたしの上に降ってきて、やさしい白雨のようにわたしを溶かす。わたしは目を開けることができない。体を動かすこともできない。ただ闇の底にうずくまり、その気配に打たれることしかできない。

あるいは、それは誰かの涙なのかもしれない。わたしの名前を呼ぶ声が聞こえる。誰かが同じ闇の底で、わたしの名前を呼びながら、わたしに何かを求めながら、涙を流しているのだ。わたしはその声に応えようとする。が、声が出ない。息もできない。だんだんに空気が薄くなり、わたしの全身から汗が噴き出す。

闇の中でわたしを打つ滂沱《ぼうだ》の涙が、ふいに花の香りをさせた。

……それは、薔薇の花だ……

腐りかけの薔薇の匂いだ。

わたしにはわかる。白い薔薇だ。

ああ、塁が泣いているのだ。


いつもそこで目が覚めると、わたしは胸のしめつけられるような幸福感に包まれている。夢の中で塁の顔が見られたわけでもなく、肉体的にもつらい夢に違いないのに、塁とまだどこかでつながっていると感じられるからだろうか。起きてからびっくりするほど枕が濡れていることがある。眠っているあいだに、本当に塁の涙がわたしの上に降り注いでいたかのようだ。

隣で寝ている喜八郎が、眠りながら泣いているわたしを痛ましそうに見ていることもあった。そのたびにわたしは夢の中身を覗き見られたような羞恥でいっぱいになる。

「おまえ、疲れてるんだよ。会社やめてもいいんだよ。俺の収入だけでやっていけるよ。このマンションには住めなくなるけど、もっと安いアパートに移ったっていいじゃないか。親父が用意してくれた多摩のマンションだってあるんだよ。何も吉祥寺に住まなきゃならないこともないだろう。なんなら俺が塾のバイトしたっていいしさ。少しのんびりしろよ。俺、おまえを見てるとつらくなるんだ」

「ごめんなさい。心配かけて」

「どうしてこうなっちゃったんだろうな。高須の事件以来、悪くなったんだよな。俺のせいだよ。おまえをこんなにしたの、全部俺が悪いんだよ」

わたしは改めてこの男の心映えの美しさ、育ちの良さからくるやさしさ、この男が本質的にもっている心の正しさに感謝した。これほどの男はめったにいるものではない。

しかしそれでもなお、わたしは彼に抱かれることを拒み続けた。彼は夫婦だからといってセックスを無理強いするような男ではなかった。無理やりにするということが彼にはできなかった。彼はわたしがその気になるまで、いつまででも待つと言った。

塁からの二信は二月も終わろうとする雪の日に届いた。

わたしは外に立ち尽くしたまま、雪に打たれるのもかまわずに、その葉書を何度も読んだ。今度はクアラルンプールの絵葉書だった。偶然にもまたチャイナタウンの風景だった。タイからマレーシアに移動したらしいが、チャイナタウンというものはどこでも同じように見えるので、お国柄の違いといったものは絵葉書からだけでは感じられない。

『お変わりありませんか。まだ小説が終わりません。探しものも見つかっていません。わたしの猫たちは元気にしているでしょうか。わたしは七キロ痩せたけれど元気です。首の傷も治りました。アジアはわたしの肌によく馴染みます。この街にいるマレー人やインド人のように、右手だけで食事ができるようになりました。そちらはきっと寒いでしょう。どうか猫のことくれぐれも頼みます』

ここに書かれてある以上のことは、窺《うかが》い知る余地はなかった。塁は一体何を探しているのだろう？　チャイナタウンと何か関係でもあるのだろうか。それともたまたまそんな絵葉書を買ってしまっただけなのだろうか。塁が行ってもう二カ月になる。わたしは参っていた。こんなにも長く日本を離れるとは思っていなかった。雪は道にではなく胸の中に降り積もってくる。雪かきをしなければ押し潰されてしまいそうだ。

でも塁が消息を知らせてくれたことで、少なからず救われる思いがした。塁は間違いなく生きているのだ。何かを探しているということは、生命力が残っているということだろう。これだけは言える。塁は死にに行ったのではない。何げない文面は、わたしが恐れているような最悪の選択がありえないことを教えてくれているのだ。葉書である以上特別なことは何も書けないが、猫の世話を頼むことでかろうじてわたしとのつながりを残しておいてくれる塁の気持ちが嬉しかった。わたしとの絆を断ち切るために旅に出たはずの塁が、アジアのどこかでわたしを必要としているような気さえした。繰り返し見るあの夢のせいだろう。

「それにしても、そんなに猫のことが心配ならさっさと帰ってくればいいのにね」

その夜、わたしは喜八郎に絵葉書を見せた。誰でもいいから塁の話をしたかった。

「作家っていいよな。世界中どこでも仕事ができるんだから」

「ねえ、探しものって何だと思う？」

「中国の古い書画とか骨董とかだろ、きっと」

やはり話さなければよかったと思った。塁のことを何も知らない人間とではなく、よく知っている人と塁の噂話をしたかった。由美しかいなかったが、その後の経緯を一から話せば由美はあきれて怒り出すだろう。万が一、喜八郎に伝わってしまったら家庭崩壊にもつながりかねない。家庭はもうとっくに崩壊していたのに、わたしは気がつかないふりをした。離婚ということを一度も考えなかったわけではない。でもそれは今ではなかった。今離婚なんかしたら、父の死期をいたずらに早めるだけだった。わたしはそこまで親不孝にはなれない。孫の顔を見せることはあきらめても、自慢の婿《むこ》を父から取り上げるわけにはいかなかった。

第三信が届いたのは、路面に散ったばかりの桜の花びらが張りついている、大雨の翌日のことだった。絵葉書にも薄いピンクの花びらが一枚くっついていた。そういえば塁は満開の桜より、一夜にして衣装を脱がされた裸樹に近い桜のほうがすがすがしくて好きだと言っていたことを思い出しながら、絵葉書を読んだ。今度はシンガポールのチャイナタウンだった。これはもう偶然とは思えなかった。

『マレー半島を列車とバスで南下して、ここまでやって来ました。きれいな街だし、人も親切だけど、物価が高いのが気に入らない。でもわたしは書き続けなければならないし、探し続けなければならない。ここで駄目ならインドネシアまで行くつもりです。高層ビルのネオンを見ていると、東京を思い出します。懐かしい人々を思い出します。わたしの猫たちを思い出します。まだ桜は咲いていますか。桜が散ったらレオの蚤取《のみと》り首輪を取り替えてあげてください。いつもすみません。ありがとう』

塁は遠回しに、懐かしいクーチを思い出す、と言っているような気がした。わたしは頻繁に見るあの夢のことを思った。塁がアジアの果てでわたしを待っているような気がして仕方なかった。

翌日、仕事で中野に出る用事があり、思いのほか早く終わったので三鷹に立ち寄ることにした。日曜日ではなく平日の昼間にここに来るのは初めてだった。いつものように駅前の丸正でカリカリとネコ缶、それに小鰺《こあじ》とちくわと牛乳を買ってバスに乗った。新しい蚤取り首輪も忘れずに買った。平日の昼間のバスは老人ばかりだった。バスに揺られてさっぱりとした桜並木を眺めながら、蜜月の頃に塁がわたしの耳元でささやいた戯《ざ》れ言《ごと》を思い出していた。

「嵐のあとの桜がわたしは好きだ。わたしたちがいつか別れることになっても、クーチが満開の頃を過ぎたら、もう一度わたしのところに戻っておいで。そしたら死ぬまで愛してあげる」

年を取ったら、余分な色気がなくなって、相手のことがよく見えるようになる。だから二度めの恋は死ぬまで続く。塁はそんなことを言っていたのだ。あの頃は本当に仲が良かった。桜の樹の下でキスをした。あんなことが永遠に続くのだと思っていた。

アパートの入り口で郵便受けをのぞく。そこでまずグレタが飛び出してくる。階段の途中からミケも顔を出し、わたしだとわかるとついてくる。一〇五号室の前で立ち止まり、山野辺という表札をひと撫でして、ドアの隙間に宅配便の不在通知などが挟まっていないかチェックする。お寺と接する塀の下からレオがあらわれる。庭にまわってビニール袋をがさごそやると、どこからかチビとシロクロちゃんが全速力で駆けてくる。これで全員揃った。作家のくせに猫の名前の付け方がまるでなっていない。グレーだからグレタ、三毛猫だからミケ、同じ三毛でも小さいほうがチビ、白黒のブチがこれだけ「ちゃん」づけでシロクロちゃん、そして白い猫はジャングル大帝レオに似ているからレオ。

「呼びかけたりしないから、これでいいんだよ」

と塁は言っていた。明らかにえこひいきとわかるレオとシロクロちゃんだけがオス猫というのも納得がいかない。レオなどというツラでもないのに、こいつにだけ蚤取り首輪まで与えられている。塁は言う。バカな猫ほどかわいいんだよ。女と同じだよ。

「おなかすいた？　今あげるからね」

だが器にえさを注ごうとして、わたしは目を疑った。三つの器の中には既になみなみとミルク、ネコ缶、カリカリがそれぞれに満たされて、少しずつ口をつけられていたのである。ミルクはまだ冷たかった。誰かがちょうどここに来たばかりのようだった。猫たちはわたしの足音に反射的に反応し、拡散したのち、いつもえさをくれる人だとわかって、また集まってきたに違いない。

「ねえ、あんたたちにゴハンくれるのは一体誰なの？」

と猫にきいてみたが、みんな一斉に知らんふりをした。平日にこうしてえさをやる人がいるから、猫たちはそれほど飢えた様子もなく、わたしのえさをあまり食べない日もあったのだ。

それからわたしは、しばらく中野に出向く用事が続いたおかげで、平日の昼間にたびたび三鷹に来ることができた。器はいっぱいのこともあれば、空のこともあった。ある日郵便受けのところで、通路を掃除している大家さんとばったり出くわしてしまった。わたしは猫たちが出てこないことを祈りながら、えさの袋をさっと隠した。

「こんにちは。あの、山野辺さんはずっとお留守のようですね」

「ええ。外国に行ってるようですよ」

「いつ帰るかご存じありませんか？」

「さあねえ。長くなるとは言ってましたが」

「家賃は何カ月分払っていったんですか？」

「帰りがいつになるかわかんないからって、毎月お友達が払いに来るんですよ」

そうか、ではその「お友達」が猫の世話もしているに違いない。わたしの知る限り、塁には友達なんていない。塁のためにそんなことをしてくれる人間は、わたしを除けば一人しかいない。

「その人、男の人ですよね？　のび太くんに似てるでしょう？」

「いや、どちらかというと、私はドラえもんのほうだと思うなあ」

人の好さそうな老人は、落ち葉や花びらを箒《ほうき》で掃きながらニヤニヤした。

いつか猫のいる庭で古巻氏に会える日をわたしは何となく楽しみにしていた。彼と塁の話をしたかった。同じ女を愛した同志のような、奇妙な懐かしさを感じていた。

だが、わたしは古巻氏に会うことはなかった。

異変はその頃から起こった。

猫が一匹ずつ消えていったのである。

15

はじめにミケがいなくなり、それからシロクロちゃんが消えた。

わたしはこっそりお寺の境内に入り込んだり、近所を歩き回ったりして、名前を呼びながらマタタビの匂いを振り撒いたりしてみたけれど、猫の姿はどこにもなかった。でも考えてみれば、猫たちは飼い主に一度も名前を呼ばれたことがないのだから、自分の名前は知らないかもしれない。

えさに不自由はしていないはずだった。だからいくら半野良とはいえ、他のえさ場を求めてさすらっているとは考えにくかった。サカリのためにオスまたはメスを求めてさまよっていると考えるのが自然だった。それならいつか戻ってくるだろう。

わたしはこれまでと同じように五匹ぶんのえさを用意して三鷹にかよった。二匹はいつまでたってもあらわれなかった。あるいは交通事故にでも遭ったのかと思い、三鷹の保健所に電話してそれらしき猫の死骸を処理しなかったかどうかきいてみたが、心当たりはないと言われた。

「ご近所の方が埋めてあげたのかもしれませんね」

と保健所の人は言った。親切そうな人だったので、わたしは思わず行方不明の猫について相談していた。

「たぶんどこかで迷い猫になっていると思うんです。どうやって見つければいいんでしょう？」

「写真があれば業者に頼むこともできますし、もし自分でやるのなら警察に許可を取った上で張紙をするしかないですね。写真か似顔絵と一緒に猫の特徴と連絡先を書いてね。あと、これは迷信の類いですけど、玄関先に塩を置いておくと戻ってくるって言いますよね」

なるほど。世の中にはいろいろな迷信があるものだ。

「お宅のように五匹もいる場合だと、猫どうしの勢力争いで追い出された可能性もあると思います。メス猫が出産するときに母性本能から他の猫たちを追い出したりするみたいです」

しかし、グレタもチビもおなかがふくらんでいる様子はなかった。

「本当にご心配でしょうね。猫にいなくなられたらどんなにつらいか、わかりますよ。どうかあまり気を落とさずに、きっとそのうち帰ってきてくれますから、気長に待っていてあげてください」

まるで塁のことを言われているみたいだった。この猫好きのお姉さんは、持ち込まれたら捨て猫を処分しなくてはならない立場に立たされることもきっとあるだろう。この世の中にはさまざまな迷信とともにさまざまな職業があり、その職業ゆえの悲しみも同じだけある。どんな仕事も楽ではないのだ。

わたしはお姉さんの助言に感謝して電話を切った。せめてサカリの季節が終わるまで、張紙を出すのは待ってみようと思った。

でも、そうこうしているうちに、今度はチビがいなくなってしまった。


喜八郎の弟のリキちゃんがふいに訪ねてきたのは、喜八郎が修学旅行の引率で家を空けた五月の末のことだった。

「ちょっと近くまで来たもんだから」

とついでのようにリキちゃんは言ったが、何か話があることはすぐにわかった。この兄弟は隠し事のできないたちなのだ。出されたお茶とカステラを平らげてしまうと、リキちゃんは言い出しにくいことを切り出すようにこんなことを言った。

「兄貴がね、体罰で問題になってんだって。このあいだ物件を案内した客がたまたま兄貴の学校のPTAでさ、それでわかったんだけどね。英語科の北井って言やあ一人しかいないからね」

わたしには最初、何の話だかわからないくらいだった。あの喜八郎が暴力をふるうなんて、しかも生徒に暴力をふるうなんて考えられないことだったからだ。やがて高須の顔が浮かんだ。あの子に対してなら、よほど腹に据《す》えかねることもあったかもしれない。

「ちょっと待って。高須くんはもうとっくに退学になったはずだけど」

「いや、その問題児じゃなくて、女生徒の顔を殴ったたっていうんだ」

「まさか。そんなことありえないわ」

「ワタシもそう思ったけどね。ガキの頃から手だけは上げたことない人だったからね」

「何かのはずみで手が顔に当たっただけなんじゃないの？」

「続けて三人も？」

「三人も殴ったの？」

「そのＰＴＡはそう言ってる。医者の診断書まで持ってきて告訴とか言い出したのを、校長が平謝りに謝って和解させたんだって」

　リキちゃんの聞いてきた話によれば、それは放課後のブラスバンド部の練習のときに起こった。練習に遅れてきたうえに私語をやめない三人の女生徒に注意したら口答えしたので、いきなり殴りつけたという。手加減せず往復ビンタを浴びせたのち、さらに指揮棒で頭を叩いたという。彼女たちの顔は腫れ、額には痣が残った。親たちの中にひとりうるさい母親がいて、学校に乗り込んできたというわけだ。

　赤の他人の噂話を聞いているようだった。わたしの知っている北井喜八郎という人間の影は、その話からはまったく窺うことはできなかった。

「最近何か変わったことあった？」

「何もないわよ」

わたしは平静を装ってそう言ったが、今年に入ってまだ一度もセックスしていないことや、日曜日もずっとほったらかしにしていること、わたしが家事をおろそかにしているために彼が見かねて夜中に洗濯機を回したり、ゴミの分別をしたりしていること、彼がひとりでコンビニの弁当を食べる頻度が増えたことなど、リキちゃんに言えないことはたくさんあった。わたしは彼の誕生日さえ忘れていた。それを境に、彼は時々帰宅がひどく遅くなるようになった。そういうときはいつも酒の匂いをさせて帰ってきて、ダブルベッドではなくソファのほうで寝ているようだった。

「ならいいけど。教師も長くやってるといろいろ溜まってきて、体罰のひとつやふたつ誰にでもあるのかもしれないな」

「今時の高校生とつきあっていくのも大変だと思うわ」

「すいませんね、よけいなこと言って。おふくろがね、今年の夏休みは那須でご一緒しませんかって。毎年行ってるリゾートホテルがあるんだけど、ゴルフもテニスもやり放題でメシもうまいし、結構いいっすよ」

「ありがとう。でも札幌に帰らなきゃ。最後の夏になるかもしれないから」

「兄貴、ちゃんとやることやってます？　種なしじゃないだろうなあ」

「種なしじゃあ、ないわよ」

その証拠に、わたしは二十二歳のとき、喜八郎に孕《はら》まされたことがある。彼には言わず黙って堕ろした。お互い就職したばかりだったし、子供を産むことは考えられなかった。あのとき中絶していなかったら、覚悟を決めて結婚して子供を産んでいたら、喜八郎はやはり生徒を殴っていただろうか。わたしは売れない女流作家と阿修羅の恋をしていたろうか。父は多くの孫に囲まれて幸せに寿命を終えただろうか。

そんなことは誰にもわからない。わたしはあのとき産まない選択をしたことも、塁と出会ったことも、喜八郎と結婚したことも、後悔したことは一度もない。ただ、ひとつだけ後悔していることがある。自分の意志でそうなったわけではなく、言ってみれば運命のいたずらとしか言えないことだが、これだけはあってはならないことだった。

それは、塁と再会してしまったことである。

三匹の猫が消えたあとでも、えさは器に満たされ続けたきっと古巻氏も胸を痛めているに違いないと思った。わたしはためしに、古巻氏にあててメモをしたため、器の下に挟んでみた。

『猫たちどうしちゃったんでしょうね?』

次に行ったときにはメモはなく、返事もなかった。読んでくれたかどうかわからなかったが、もう一度ためしに置いてみた。

『塁を恋しがって家出しちゃったのかな?』

でも犬じゃあるまいし、猫がそんな殊勝なことをするとは思えなかった。塁を恋しがって家出したがっているのはわたしのほうだった。夫も父も仕事も何もかも捨てて塁を追いかけていきたい気持ちをどうすることもできなかった。

喜八郎が修学旅行から帰ってくると、わたしは体罰のことには何も触れずに、あたたかい食事を作り、自分から彼をベッドに誘った。性欲はかけらもなかったが、申し訳ないという気持ちと、長年の友情のようなものが彼をこのままにはしておけなかった。セックスで何かが解決するような段階はとうに過ぎていたけれど、少しでも彼の鬱屈が晴れるのなら、わたしの体を使ってもらってかまわないと思ったのだ。

「ごめんね。ずっと独りにしてごめんね。こんなことしかできなくてごめんね」

「やめてくれないか。無理にそんなことされるのはいやなんだ」

「わたし、あなたの妻なのよ」

「おまえがまだ治っていないことはわかるよ。おまえの心が誰か別の男のものだってことも」

わたしはどんな表情をしたらいいのかわからなかった。男ではないのだと、女なのだと言ったところで、彼の苦しみが半減されるとは限らない。むしろよけいに混乱させるだけだろう。

「その男、猫を飼ってるだろう。いつも猫の毛をつけて帰ってくるからわかるんだよ」

「それは旅行に行ってる友達の猫でしょ?　あなたも絵葉書見たでしょ?」

「別に責めてるんじゃないんだ。言い訳なんかしなくていい」

「責めればいいじゃないの。殴ればいいのよ。あなたにはそうする権利あるんだから」

「そんな権利ないよ」

「あるわ。夫婦でしょ？」

「俺もやってるから、ないんだよ」

突然、彼はとんでもないことを言い出した。

「昔つきあってた国語科の同僚いただろ。別の学校に移ったんだけど、同窓会で会って、気がついたらホテルにいた」

そのときの気持ちを、どう説明したらいいだろうか。わたしはホッとしたのである。自分のしてきたことにやっと免罪符が与えられたような気がしたのだ。

「何それ。誰かと浮気してるってこと？」

「当然だと思うわ。わたしはいい妻じゃなかった」

「それから時々携帯に電話がかかってくるようになった。そのたびに俺はホテルへ行ったよ。セックスをしたいというより、この家に帰ってくるのがつらかったんだ」

「本当にごめんなさい。これからはちゃんと家事をするから」

「もう駄目だ。もうどうしようもないんだよ」

「どうして？　わたし、元に戻れるように努力するから」

「俺のは浮気だけど、おまえのは本気だからだよ」

喜八郎は涙ぐんでいた。彼がどんなに苦しんでいたか、初めて思い知らされたような気がした。

「別れよう」

今まで何度も言いあぐねていたに違いない言葉を、彼はため息とともに吐き出した。

「勝手なことを言うようだけど、父が……」

父が亡くなるまで待ってほしい。そう言おうとしたが、あとは声がふるえて言葉にならなかった。

「わかってる。今すぐじゃなくていいよ」

「ありがとう」

「慰謝料のこともちゃんとするから心配するな」

「そんなのいらないわ。わたしが払うわ」

「バカ言え。バツイチの三十女って思ってるより大変なんだぞ」

わたしは改めて、この男と夫婦だった日々があったことを誇りに思った。

でも、やはり彼は生徒を殴るかわりにわたしを殴るべきだったのだ。彼の大きな手で、わたしは打たれるべきだった。あのとき、なぜ殴って叱ってくれなかったのか。これからそう思う瞬間がいくらでもやってくるだろう。わたしは再び地獄に堕ちようとしていた。塁と行けるところまで行くつもりだった。

『この国では毎朝四時にコーランの雄叫《おたけ》びに起こされます。夜型の人間にとって、イスラム教ほど迷惑な宗教はないでしょう。お元気ですか。わたしはジャカルタに着いたばかりです。かつてバタビアと呼ばれた港町コタにほど近いチャイナタウンにいます。わたしが宿を取っているロスメンにはジャワの猫が十匹ほどもいるので、猫さみしさをまぎらせることができます。宿の前に屋台を出しているカセットテープ売りとココナッツジュース売りがいつもケンカしていて、うるさいけれど楽しいところです。大きなショッピングセンターのすぐ近くにあるので長期の滞在にはとても便利です。わたしはここで探し続けます。季節は変わっても猫のことを忘れないでいてください』

彼女が一番かわいがっていたオス猫レオがいなくなった頃、この絵葉書が届いた。日本は梅雨に入っていた。今度の葉書にはこれまでとは少し違うところがあった。文面がより具体的になっていることだ。読めば読むほど、熱帯の蒸し暑い風を肌の先に感じ、チャイナタウンのエネルギッシュな賑わいが聞こえてくるようだった。バタビアという言葉のロマンティックな響きはたちまちわたしを魅了した。猫のことを忘れないでいてくれとは、自分のことを忘れないでいてほしいという願いのように思われた。これまでになく強い直感がわたしを揺さぶった。塁はわたしを呼んでいる。わたしをジャカルタへおびき寄せようとしている。わたしはそれを確信することができた。

猫が最後の一匹になってしまうと、わたしはカツオの刺し身やチーズまでサービスするようになった。ネコ缶もモンプチゴールドに格上げし、牛乳も普通のやつからジャージーミルクに変え、鶏肉のササミも、まぐろの赤身も、鰻のかば焼きまで惜しげもなく与えた。この猫だけは失いたくなかった。グレタは突然の降って湧いたごちそうに目を白黒させながら、歓喜の唸り声をあげて貪り食った。そこまで喜んでもらえるとわたしも本望だった。

「みんなどこへ行っちゃったの？」

一通り食べ終えて前足を舐めているグレタに話しかけると、ゴロゴロ喉を鳴らして、わたしの手に頭突きをしてきた。

「そうか、あんたも寂しいのね」

撫でてやると、喉のゴロゴロは地響きのように大きくなった。それなのに目はとても不安そうだ。人間の足音が聞こえるだけで、びくっと身構えて隠れようとする。

「猫さらいがいるの？　そうなのね？　猫さらいがみんなを連れてっちゃったんでしょ？」

でも誰が一体何のために、そんなことをするというのか。それにここの用心深い猫たちを捕まえるのは並大抵ではないはずだった。よほど懐いている人間にしか近寄らないのだ。


気象庁が梅雨明けを発表した頃、最後の猫がいなくなった。

器にはわたしが先週入れた刺し身が異臭を放って蠅をたからせていた。その器の下に、何か本のようなものが置かれていることにわたしは気づいた。古巻氏が今頃わたしのメモ書きの返事をくれたのかと思い、手に取ってみた。

それはアジアのチャイナタウンばかりを集めた写真集だった。写したのは磯村敏光というカメラマンで、写真集の末尾に載っている略歴によれば、世界中のチャイナタウンを撮ることをライフワークにしているという。写真集は他に『ニューヨークのチャイナタウン』『ロスのチャイナタウン』『横浜中華街』『インドシナのチャイナタウン』などがあった。この『東南アジアのチャイナタウン』は彼の五冊めにあたる写真集だった。

古巻氏の意図をはかりかねながら、わたしは急いでページをめくった。

あるページで、わたしは戦慄して息を呑んだ。

そこに塁が写っていた。

いや、それは塁ではなかった。

塁と同じ顔をした、双子の弟だった。

16

塁に酷似した青年は、チャイナタウンのごみごみした路上でキャッチボールをしている。

右側の通りには漢方薬や果物を商う店、左側の通りには布地や貴金属を商う店が雑然とひしめきあっている。青年は右手にグローブをはめ、左手にボールをもって、油の浮いた水溜まりの中にサンダルばきの片足を突っ込んだまま、かるく投球フォームを取っている。キャッチボールの相手は写っていない。だからもしかしたら、壁にボールをぶつけているだけなのかもしれない。その表情にはくつろいだ様子がない。彼は観光客のようにも、地元の若者のようにも見える。よく日焼けした褐色の顔の中に、薄い三日月を宿した獣の目が光っている。

写真集の発行日は去年の十二月一日になっていた。わたしが塁と再会する前のことだ。塁がいつこれを見たのかはわからないが、この写真を見て弟に会いに行ったに違いない。塁の探しものとは、弟だったのだ。

この写真集には、バンコク、クアラルンプール、シンガポール、ジャカルタのチャイナタウンの写真が収められていて、街ごとに区分けされており、一枚一枚に簡単なキャプションがついていた。だからどこの街の写真かすぐわかるようになっているのだけれど、目次のページとあとがきのページに使われている写真のみ場所の指定もキャプションもなかった。この写真はあとがきのページに添えられていた。

版元は一度も聞いたことのない出版社で、ざっと眺めただけでも誤字脱字がたやすく目につく、実に雑な仕事をしていた。だからそこだけうっかり忘れてしまったのだろう。装丁も安っぽく、レイアウトも素人臭かった。でも写真は悪くなかった。その場の音や匂いまで立ちのぼってくるような、生々しい臨場感に溢れた力強い写真ばかりだった。この写真家はチャイナタウンの猥雑なエネルギーを愛していた。異国に暮らす中国人たちのしたたかさを愛していた。彼らのひとつひとつの表情に畏敬と共感と友情と貪欲な好奇心がこめられていた。

わたしは出版社に電話をかけて磯村敏光氏の連絡先を教えてもらった。事務所兼自宅の番号にかけると、奥さんらしい女の人が出て、用件を聞いてから本人に替わってくれた。わたしは失礼のないように、この写真集のあとがきのページに載っている写真はどこの街かを尋ねた。

「ああ、あれならインドネシアのジャカルタです。あんなところでキャッチボールなんて珍しくて、ついシャッターを切ったんです」

と答えてくれたあとで、磯村氏は、

「そういえば前にも同じ質問をされたことがあるって、女房が言ってました。実はそのとき僕は仕事でアメリカにいて、女房にはわからないし、その人には教えてあげられなかったんですけどね」

と言った。

「それ、いつ頃のことですか?」

「確か去年の暮れだったと思いますよ」

やっぱり塁だ。だからといってこの四つの都市のチャイナタウンをしらみつぶしに探すなんて、どうかしている。塁らしいといえば塁らしいが、正気の沙汰ではない。ひとつの街のチャイナタウンを探すのだって気の遠くなるような話なのだ。塁はなぜそんなにまでして弟を見つけ出したかったのだろうか?

「あの写真がどうかしたんですか?」

「知ってる人によく似ていたものですから」

「僕もあれは日本人だなと思ったんですよ。日本人ならちょっとやばいんじゃないかなあって」

「どういうことですか?」

「彼を撮ったちょうどあのあたりはね、チャイナタウンの中でも一番ディープなところなのね。外国人は入り込めない裏の裏の区域なんですよ。阿片窟もあれば売春宿もある、チャイニーズ・マフィアの巣窟なのね。僕なんかそういう場所へ行くときは必ずガイド扉って、賄賂《わいろ》も使って、でないと一歩も歩けないようなところなのね」

　思わず背筋が寒くなり、胸騒ぎがした。塁は今頃そんなところをうろついているのだ。

「じゃあその人は、マフィアに売りとばされちゃったんでしょうか？」

「いや、自分の意志でそこにいるように僕には見えたな。眼光がやたら鋭くて、虚ろな感じは少しもなかった」

「何をしていたんでしょうか？」

　そこで磯村氏は口ごもり、間をおいて尋ねた。

「かなり親しい人なんですか？」

「いえ、そうでもないんですけど」

「だったら言ってもいいかな。これは僕の職業的な勘なんですけどね、あの人はあそこに住みついて仕事してますね。時々そこに来るというんじゃなくてね。おそらく体売ってるんじゃないでしょうか。カメラ向けたら、獲物を見る目で僕を見たからね」

　目の前が真っ暗になった。ああいう写真を撮る人の勘は信じられると思った。塁のたったひとりの最愛の弟が、チャイナタウンの裏町で男娼をしている。そんなことを塁が知ったら、一体どうなってしまうのだろう。塁のことだ。弟を殺すか、ともに堕ちるか、いずれにせよその先にあるものはひたすらな地獄だけだ。

　わたしはもう、こんなところでこんなことをしている場合ではなかった。次の日、通勤電車を途中で降りて、ジャカルタまでの航空券を買った。その足で会社に行って、一週間の休暇願いを出した。部長は渋い顔をしたが、父が重体だと言ったら、事情を知っているだけにすんなり許可された。喜八郎はあの別れ話の日からほとんど家に帰らず、女の部屋から学校に出ていたので、特に断る必要はなかった。何かメモでも残しておこうかと思ったが、書くべき言葉がひとつも見つからないのだった。

わたしはわずかな着替えとたっぷりのドル、インドネシアのガイドブック、それにキャッチボールをする青年の写真を切り抜いてバッグに詰め、飛行機に乗った。ジャカルタからの絵葉書にはホテルの名前さえ書いてなかったが、とにかくチャイナタウンまで行き、大きなショッピングセンターの近くにあって、いつもカセットテープ売りとココナツジュース売りが宿の前でケンカしている、そして猫が十匹もいる安宿を探せばいいのだ。そんな宿はそうたくさんはないだろう。

きっと塁を探し出して日本へ連れて帰る。わたしはそう決めていた。どんなことをしても塁を深い穴の底から引っ張りあげなければならないと思った。今度こそわたしは塁から逃げ出すわけにはいかなかった。塁の地獄を引き受けて、塁と地獄を生きるつもりだった。そうでなければこれからのわたしの人生は、喪失しつづけるだけの人生になってしまう。どんな人間にもたったひとり、自分のために生まれてきた片割れがいるなら、わたしの片割れは塁だった。それに気づくのが遅すぎたのだ。

空港に着くと、わたしはタクシーでコタ地区というところまで行き、とりあえず目についた中級ホテルに宿を取った。ガイドブックにはこのあたりがチャイナタウンだと書いてあった。肌に絡みつく熱気と喧噪。南国にしかないフルーツの匂い。インドネシアも、東南アジアも初めてだった。外国にひとりで来るということさえ初めてだった。通りすがりの人間がみな客引きか泥棒に見える。一瞬も気が抜けない。

最初の夜は、ホテルにチェックインしただけでへとへとになってしまった。一階のレストランでナシ・ゴレンという炒飯とコーラの食事をすませ、シャワーを浴びてすぐにベッドにもぐりこんだ。この街のどこかに塁がいるのだと思うと、押し寄せる不安をやり過ごすことができた。塁に会えなかったらどうしようという不安と、塁に拒絶されたらどうしようという不安とに、わたしは押し潰されそうになっていた。

午前四時だった。拡声器によって増幅された地響きのような野太いだみ声が、突然枕元で這いずりまわったかと思うと、詠唱とも読経《どきよう》ともつかぬ独特の節を伴って唸りはじめた。それはまたたく間に二重唱になり、三重唱になって朝まだきの静謐《せいひつ》を打ち破り、まだ小暗いうちから、何かに駆り立てられるような激しさで、命をけずるようにして、わたしには意味不明の言葉を喚き立てている。

そのひたむきさは、商売の宣伝などではない。政党の広報でもない。軍の演習でもない。夫婦喧嘩でも、学校の運動会でもない。それは祈りだ。近くのモスクで今日もまた、朝のおつとめがはじまったのだ。

この街に来て三日目の朝だった。毎朝のこととはいえ、目覚まし時計よりも正確にたたき起こされるたび、異教徒であるわたしは不快感と不安感をないまぜにして目を覚ます。そしていつも同じことを考える。街じゅうに響きわたるあのモスクの拡声器で、この街のどこかにいる塁へのメッセージを叫ぶことはできないものだろうかと。

大きなショッピングセンターはすぐに見つかった。何のことはない、わたしが泊まっているホテルに併設してアメ横のように巨大なグロドッ・ショッピングセンターがあり、誰にきいてもここが一番大きいという。わたしはここを中心にして、路地を一本一本入っていって安宿を探した。

でもカセットテープ売りとココナッジュース売りの屋台はいたるところにあった。渋谷で手作りアクセサリー売りの外国人とティッシュペーパー配りのお兄さんを探すようなものだった。決め手となる要素はやはり猫しかなさそうだった。

「インドネシア語で猫って何ていうの？」

ホテルのフロントのお兄さんに英語できくと、クチンだと教えてくれた。クーチという語とよく似ている。目に見えないところで塁とつながっているようで、やはり来てよかったとわたしは思った。

「クチンのたくさんいるロスメンを知らない？」

「日本にクチンいないか？」

「そうじゃないけど、ジャワの猫を見たいの」

「あー、それならきっと動物園にいるね。あなた動物園行くね」

そんなこときいたわたしが悪かった。ロスメンのことをホテルできいても仕方がない。

わたしは朝から晩までチャイナタウンを歩き回って、ドリアン売りのおじさんや、バジャイという三輪タクシーの運転手、路上で揚げものをしている屋台のおばさんなどに片っ端から声をかけ、同じ質問を浴びせ続けた。だがチャイナタウンにロスメンは掃いて捨てるほどあり、路地裏を歩けば猫は一匹や二匹は必ず見かけることになるのだった。

市場でクチンのことを尋ねたら、食肉のコーナーに連れていかれて、毛を剝いだばかりの生々しい肉の塊を差し出された。それはどこから見ても猫であり、わたしは思わず顔をそむけた。肉屋のおやじは前歯の欠けた口元をだらしなく開いてそれを秤《はかり》の上にのせ、たった今捌《さば》いたばかりで新鮮だよ、というようなことを中国語で言った。わたしは吐き気をこらえてその市場から逃げ出した。

昼は屋台で食事すると絵葉書に書いてあったので、わたしもレストランではなく朝昼晩と屋台で食べるようにした。衛生面で不安はあったが、どこで何を食べてもはずれがなく、信じられないくらい安かった。わたしのドルは一向に減らなかった。毎回違う屋台に足を運び、隣りあわせた客や店の人に猫のたくさんいるロスメンのことをきき、昼の弟の写真の切り抜きを見せてこの人を知らないかと尋ねた。朝食の粥を鍋一杯買いにくる主婦や、スーツを着て昼の定食を食べにくるサラリーマンや、学校帰りにおやつがわりのソバをすする小学生にまで尋ねた。英語が通じなくて無視されるのが七割、無表情に首を振られるのが二割、習いたての日本語をまくしたててナンパに及ぶのが一割、というところだった。

五日目の午後、ついに腹を壊した。あまりの暑さにネをあげて、かき氷を食べてしまったせいだった。インドネシアのかき氷は日本のそれとはまったく違う。アイス・カチャンといって、果肉、ゼリー、あずき、黒蜜、コンデンスミルクなどがこれでもかとてんこ盛りになっている豪華な一品である。生水は絶対に飲まないようにしていたが、かき氷が生水でできているということをつい忘れてしまうほど、暑さと湿気がすごかったのである。激しい下痢がとまらなくなって、半日ホテルの部屋から出られなかった。

その夕方、あと二日で日本に帰らなければならないというせっぱつまった気持ちを抱えて、わたしは例のショッピングセンターの食料品売り場へミネラルウォーターとチョコレートを買いに行った。腹痛が治らないのでそんなものしか受けつけられそうになかったのだ。うろうろしていると、キャットフードの大箱をやたらとたくさん買い込んでいる中国系のおばさんが目についた。おばさんは体じゅうに猫の毛をつけていた。おまけに猫の絵のついたTシャツを着ていた。わたしはおばさんのあとをつけていきたいという気持ちを抑えられなくなり、そしてそれを実行した。

おばさんは大通りをまっすぐ二、三分歩き、それから路地を左に折れて、しばらく歩くと今度は右に曲がり、小さな路地の突き当たりにある二階建ての家の中に入っていった。そこはわたしの知らない路地だった。家の前にはカセットテープの露店が出ていて、インドネシアのポップス音楽をガンガン鳴らしていた。その隣で男がココナツを絞っていた。よく見るとその家にはロスメンの看板が出ていた。

わたしはほとんどふるえながら中に入った。フロントには太った猫が座っていた。その前がちょっとしたロビイになっていて、金髪のバックパッカーが猫と並んでテレビを見ていた。テレビにはスハルト大統領が映っていた。フロントの猫にハローと声をかけると、奥から猫が三匹飛び出してきて、わたしの足にまとわりついた。続いてさっきの猫おばさんが、猫を抱いてあらわれた。ここは猫の館だった。ここに違いない、とわたしは確信した。塁がここで猫たちに囲まれている姿が瞼の裏にはっきりと浮かんだ。

「ハロー?」

「こんにちは。ここに日本人女性が泊まってませんか?」

「ルイ?」

わたしはおばさんに抱きつきたい衝動を抑え、泣き出さないように注意しながら、パスポートを取り出して見せた。

「そう、その人です。わたしは彼女の友達です。ここに呼んでもらえませんか?」

「ルイ、今いない。ここいない」

おばさんは拙《つたな》い英語でそんなことを言った。落胆のあまりわたしはうっすらと涙を浮かべていたかもしれない。

「出かけてるんですか? じゃあここで待ってます」

わたしはロビイのソファに腰をおろし、待つという仕草をした。塁に会えるまでは金

輪際動かないつもりだった。おばさんは困ったような顔をしたが、奥に向かって、

「リー！」

と叫んだ。今度は猫ではなく中国人の少年が出てきた。おばさんが少年に早口の中国語で何かまくし立てると、少年は頷いてわたしのところにやって来た。一緒に来い、という身振りをして歩きだすので、おばさんを見ると、ルイとかゴーゴーとか繰り返してわたしを急き立てている。少年が昱のいるところへ連れてってくれるというのか。

慌ててついて行くと、少年は狭い路地をくねくねと曲がり、一軒の床屋に入っていった。床屋に客はなく、暇そうな男たちが何人もたむろしてテレビを見ていた。テレビには洗剤のコマーシャルが映っていた。少年はそのうちの一人に何か囁いて、立花隆の顔を四角くしたような恰幅のいい中国人を連れて外に出てきた。どうやらその男が昱の居所を知っているらしかった。

引き渡しが済むと、少年はわたしに右手を差し出して報酬を要求した。小銭を与えると不服そうに口をとがらせたので、千ルピア札を一枚やるとたいして嬉しくもなさそうに引き上げていった。ちなみにあの猫屋敷の一泊の料金は一万ルピアからと表示が出ており、わたしのホテルの十分の一の値段だった。

立花隆はバジャイをつかまえて先に乗り、わたしにも乗れと言った。このままどこかに連れ込まれて身ぐるみ剝がれるのではないかと思わないでもなかったが、わたしは立花隆が好きなので、何となくこの男も憎めないような気がして、乗ってしまった。とに

かくこの男は塁につながっているはずだった。バジャイがスピードをあげて走りだすと、やはり不安でたまらなくなったが、男の横顔を何度も見ては立花隆のことを思い、こんなに似ているのだから悪い人のはずがないと必死で自分に言い聞かせた。乗っているあいだじゅう、男は一言も口をきかなかった。

どこをどう走ったか覚えていない。きつい漢方薬の匂いがあたりに立ちこめる店の前でバジャイを降りた。薄闇がほんとうの闇に変わりつつあった。わたしは男に連れられて店の中に入っていった。強烈な薬の匂いとともに、いきなり蛇や蝮《まむし》がうごめいている水槽が目に飛び込んできて、思わず回れ右をして逃げ出したくなった。

店番をしていたのは、ぺらぺらの薄紙のような老人だった。老人はわたしたちを認めると一瞬、愛想笑いを浮かべた。立花隆の任務はここで終わりのようだった。さっきの少年ほどあからさまにではなく手を出したので、わたしは少年の十倍支払った。男はそれをポケットに収めて再び手を出した。快く握手に応じたが、男は低い声でファイブと言っただけだった。結局、全部で五万ルピア払わなければならなかった。

立花隆が去ると、今度は老人が案内料の交渉をはじめた。一万でどうかと言うと鼻で笑われ、三万で帰れと言われ、五万でもお話にならないと断られ、そこから一万ずつ上げていくと老人はいらいらして、

「二十万」

と断言した。二十万ルピアといえば、約一万円ではないか。そんなに危険な場所に行

くというのか。老人は一ルピアもまけてくれなかった。わたしにはそれ以上粘る気力もなかった。チャイナタウンの最深部に踏み込むということは、こうやっていろんな人間に少しずつお金をばらまきながらでなければ一歩も先へ進めないのかもしれなかった。

店の裏口から外に出ると、いきなり景色が一変した。そこからスラムがはじまっていたのである。それは貧困と死とが結婚したような、この世の行き止まりのようなところだった。生ごみと腐ったドブの強烈な匂いが鼻をつき、ゆるい風に乗って爛《ただ》れた果物の末期的な香りと油で臓物を炒めるような匂いが運ばれてきた。それに慣れると今度は粘ついた耳垢と納豆をいっしょくたにして蒸し上げたような匂いが混じり、小便と大便の匂いに変わり、さらにわたしの嗅覚は酸っぱい胃液と一年くらい洗っていない靴下の匂いを嗅ぎ分けていた。

老人の先導で歩いて行くと、裸足の子供たちが何かわたしから盗《と》るものはないかと一斉に目を光らせ、得体の知れない男たちや娼婦たちがくつくつと含み笑いを漏らし、腰から下のない乞食に足首をぎゅっとつかまれた。叫び声をあげると老人が乞食を振り払ってくれたが、それを合図のようにして路地という路地から盲目の乞食、片腕の乞食、子連れの乞食らが飛び出してきてわたしに群がり、泣いたり怒鳴ったり歌ったりした。コーランを読み上げる者もいた。

わたしは目と耳と心を塞いでそこを通り過ぎた。とろりとした夜気さえもが泥水を含み、月光さえ黄ばんで輝いていた。ひと足ごとにわたしもこの世の悪という悪に染まって埃と無気力に汚染されていくようだった。老人は一軒のおそろしく古びた建物にわたしを案内し、そこで消えた。その中にいたのはあばらの浮いた、体じゅうに千本の川が流れるごとく皺にまみれた老人だった。さっきの老人を八十歳とするならば、この老人は百八歳くらいにはなっているだろう。建物の中はいくつもの小部屋に分かれていて、小部屋にはそれぞれ覗き窓がついており、小さなベッドとパイプが置かれていた。老人はひとつの部屋の前で立ち止まり、覗き窓から覗くように身振りで言った。

そこで見たものを、わたしは一生忘れはしない。

阿片のパイプをくわえてまどろんでいる、塁の至福の表情を。

17

わたしは老人に法外なお金を握らせると、塁を揺さぶり起こして外へ連れ出した。スラムのど真ん中で、塁は朦朧《もうろう》とした頭のまま、いきなりわたしの首にかじりついてきた。わたしは何よりもまず周囲の強烈な好奇の視線に晒《さら》され続けるのを避けるため、はす向かいの木賃宿《きちんやど》に駆け込んだ。塁の意識が正常な状態に戻るまで、そこで休ませるつもりだった。スラムの路地は錯綜《さくそう》していて、簡単には出口を見つけることができそうにないのだった。

それはまさに木賃宿と呼ぶにふさわしい、湿り気と粘り気とに満ちあふれた、誰彼とない体臭と汗と精液のしみついた、足元から泣けてくるようなところだった。そこにはシャワーさえなく、狭いタイル貼りの水槽に水がためてあり、プラスチックの手桶が置いてあるだけだった。その横に開いている小さな穴が、トイレということらしかった。

烏龍茶を煮しめたようなカーテンを閉めると、わたしは塁を裸にして冷たい水を浴びせた。塁は幼な子のように泣きじゃくり、濡れた体を押しつけてきた。自意識というものが瓦解《がかい》しているときでさえ、こうしてわたしの乳房を求めずにはいられない塁を、わたしは聖母の慈愛で包み込んだ。塁はわたしの乳首をくわえたまま再び眠りに落ちた。

ベッドの中で、塁は何度も恐ろしい呻き声をあげた。聞いているこちらの胸がつぶれそうになる声だった。悪夢のきれぎれに嘔吐を繰り返し、ひどく寒がるので、わたしは天井のファンを止めてもう一枚シーツをもらい、一晩中塁の体をさすってあたため続けた。


わたしはいつのまにか眠ってしまったようだ。

明け方の祈りの声も聞こえなかった。気がつくとカーテンの隙間から朝の光とざわめきが漏れていて、塁がこれまでに見たこともないようなやさしい微笑を浮かべてわたしをじっと見つめていた。わたしもはにかんで微笑を返した。

「来ちゃった」

と、わたしは言った。

「よくわかったね。あの阿片窟が」

「それより猫屋敷を見つけるほうが大変だった」

「本当に、こんなところまでよく来てくれたね」

しばらく見ないあいだに髪の毛が伸びて、色白だった肌は逞しく日に焼けている。塁はとても大人びて見えた。わたしはこらえきれずにその髪に触れた。

「ゆうべのこと覚えてる?」

「クーチが来たのは覚えてる。あとはただ寒くて、つらかった」

「ずっとあそこに入り浸ってたの？」

「あまり覚えてないんだ」

「ところで探しものは見つかった？」

塁はそれには答えず、起き上がってカーテンを開けに行ったが、眩しさに目を覆ってしばらくその場にうずくまっていた。

「だいじょうぶ？」

「何日かあの穴ぐらにいたみたいだね。光が眩しくて涙が出る」

「ずっと食べてないんでしょう？　今、食べるもの買ってくるわ」

「何も食べられないよ」

わたしは外に出て、屋台でチャプスイとスープとごはんを注文し、部屋まで運んでもらった。全部で百円くらいしかかからなかったが、それはわたしがこれまでに食べた中華のなかで最高においしかった。塁はスープに口をつけるのがやっとだったが、おいしい、おいしい、と言って全部飲み干してしまった。それで元気が出てきたらしく、他の皿にも箸をのばしたので、さらにお粥と揚げものを追加注文した。お粥には肉厚の蟹の身がたっぷり入っていて、何杯でもおかわりしたいくらいだった。器を返しに行ったとき、わたしは屋台のおじさんに敬意をこめてチップをはずんだ。

おなかがいっぱいになると、次は心の飢えを満たす番だった。わたしたちは次の朝までその憐れむべき部屋から一歩も外に出ず、黴《かび》臭い湿ったシーツにくるまったまま過ごした。外からはバジャイの走り回る音、娼婦たちの哄笑《こうしょう》、男たちの喧嘩の声、物売りのこだまなどがけたたましく流れ込んできた。喧噪も、べとべとと肌に絡みつく熱帯の暑さも、気にはならなかった。死にもっとも近い悦楽。それはそういう種類の快楽だったかもしれない。塁の集中はすごかった。舐める、吸う、指を泳がす、息を吹きかける、囁く、呻く、性器をこすりつける、噛む、しゃぶる、熱情的に、献身的に、ゆるぎないパッシオンにあふれて。わたしは体の神経という神経が溶けて流れて、自分でも信じられないほど淫らな声を極限まであげさせられ、このまま死んでもいいと、殺されてもいいと初めて思った。塁は快楽にというよりは、死に向かって突き進んでいるようなところがあった。

夜が明けはじめると、塁はようやく話しはじめた。

「十五歳から十九歳まで、弟と二人で暮らした。父親は刑務所に、母親は精神病院に入っていたからね。わたしたちは二卵性の双子だけど、小さい頃は親も見分けがつかないほどよく似てた。弟の名前は満《みつる》っていって、わたしはみっちゃんと呼んでた。あわせて満塁だなんて、そんな名前つけるくらい野球が好きなら、父はもっと野球にしがみついていればよかったんだよね。でも弟を自分の夢の身代わりにすることしか考えなくなっちゃった。名門校に入れるためにスパルタ教育して、毎週日曜日には東京の野球教室にかよわせて、いい体作るために栄養士まで雇ってた。飼い犬の名前まで甲子園のコーシ。でも母もわたしも、そして本当は弟も野球なんか大嫌いだった。父のいないところでいつも弟と一緒にコーシをいじめてたよ。弟は父の執念から逃げたかったし、母は息子を父から取り戻したかったんだと思う。二人は別にセックスしてたわけじゃない。ただ母が弟を抱っこしてただけだったのに、それを父が見て、弟を金属バットで殴り殺そうとした。弟は抵抗もしなかった。母が狂ったように泣き叫んでた」

「塁は……塁は……それをじっと見てたの？」

「たぶんね。よく覚えてないんだけど、近所の人か誰かが助けてくれたんだと思う。弟は重体だったけど、命は取りとめて、脊椎《せきつい》の損傷と聴覚を失っただけですんだ。でも母がおかしくなって、いまだに錯乱のなかにいる」

塁の体は少しずつ温度を失って冷えきっていくようだった。わたしは懸命に体をこすりつけて体温を分かち与えようとした。

「弟が退院してくると、二人暮らしがはじまった。あとからリハビリで歩けるようになったけど、しばらくは車椅子で、耳はまったく聞こえなかった。両親は親戚づきあいというものをしていなかったから、わたしが面倒を見るしかなかった」

「生活費はどうしていたの？」

「母方の祖父から送ってもらってた。一度も会ったことないけどね。でもＮＨＫに出たことあるから顔は知ってる。すごく下品な顔だったな。わたしが小説を発表したとき電話がかかってきて、自分の名前は一切マスコミに出さないでくれって言われたよ」

なるほど下品な人物だとわたしも思った。

「弟は歩けるようになると、ある日突然、家を出ていってしまった。警察にも届けたし、あらゆる手を尽くして探したけど、見つからなくてね。あの写真集を見るまで、十年近く行方がわからなかった。もう死んだのかもしれないと思ってた」

「それでここまで探しに来たのね」

「あの写真、見た？」

「見たわ。古巻さんが見せてくれた」

「まさかキャッチボールしているなんて！　あんなに野球が嫌いだったのにね」

「それで、見つかったの？」

塁はいやいやをするように体を捩《よじ》って細い息を吐いた。

「遅かった。五月に死んでた。エイズで」

塁はそう言って、表情のない目で自らの手のひらをじっと眺めた。指がちゃんと五本揃っていることを確認しているような風情だった。でも塁は何も見ていなかった。その瞳の中の三日月は重たい雲に覆い尽くされて影もなかった。わたしは塁が壊れてばらばらにならないよう、そっと背中から抱きしめた。

「もういいわ。もう話さなくていい。日本に帰ろう。わたしと一緒に帰ろう、塁」

塁はこくりと頷いた。

「もうどんなことがあっても離れない」

塁は何度も何度も頷いた。こんなに穏やかでやさしい塁の顔を見たのは初めてだった。でもそのときわたしは死体を抱きしめていたのかもしれない。

ひと眠りして、目を覚ますと、塁の姿はどこにもなかった。

置き手紙があって、それにはこう書かれていた。

『ご心配なく。少し遅れるけど、ひとりで日本に帰ります。向こうで会いましょう。塁』

わたしはバジャイを拾ってスラムを抜け、念のために猫屋敷に戻ってみた。でもすでに塁はチェックアウトしたあとだった。ロビイでは先日のバックパッカーがまったく同じ姿勢でテレビを見ていた。同じ猫も隣にいて、テレビにはスハルト大統領が映っていた。わたしは一瞬、あれからまったく時間が流れていないのではないかと思ったくらいだった。スラムへ行ったことも、阿片窟で塁と会ったことも、場末の木賃宿でおこなった痺れるようなセックスも、塁の長い打ち明け話も、何もかも、このチャイナタウンが見せた白昼夢だったのではないか。それともわたしはどこかで阿片を吸わされて、酩酊《めいてい》のなかにいるだけではなかったか？

腕時計を見ると、針が止まっていた。ポケットに入れておいた塁の置き手紙もなくなっている。ただこの手の中に、塁の体の冷たい感触だけがいつまでも残っていた。ほんとうにあれは火傷《やけど》しそうなほど冷たい体だった。氷を抱きしめているようだった。

それが山野辺塁に関する最後の記憶だ。

まさかそれっきり塁に会えなくなるなんて、夢にも思ってはいなかった。

東京に戻ると、わたしは自宅に帰るより先に三鷹へ行ったが、塁も、塁の猫たちも、初めから存在なんかしていなかったかのように消え失せたままだった。庭は森閑と静まりかえって蟬の声を染み渡らせ、雨戸が下ろされた一〇五号室はかつてそこに人が住んでいた気配すら留めることなく頑なに閉じられ続けた。年代物の赤い自転車には錆と埃が宿命的にこびりつき、郵便受けの中には年賀状と暑中見舞いが同居していた。

わたしはその夏のあいだじゅう、猫のいなくなった庭でただぼんやりと蟬の合唱を聞いていたような気がする。まるでそこでそうしていれば、猫たちも、塁も、ふらりと戻ってくるような気がしたのだ。

その夏の終わりに父が死んだ。

宣告されていた期限までにはまだ少し間があったはずだが、ひどく残暑の厳しい夕べに容体が急変し、唐突に逝《い》った。インドネシアへ旅立つときに、父が重体だと嘘をついて休暇をもらった罰が当たったのだと思った。

札幌での葬儀で喜八郎に会った。彼はわたしよりもたくさん泣いていた。

考えてみればわたしたちはいつも誰かの葬式で再会する。

「これから別れるのにこんなこと言うのも何だけど」

父を骨にしたあとで、喜八郎がこっそり耳打ちした。

「また一段といい女になったな」

「喪服を着てる女がそう見えるだけなんじゃないの？」

「雨宮の葬式のときも確かに同じこと言ったけど、全然違うんだよ。レベルが。今のおまえはさ、凄絶に美しいよ。こんないい女と結婚してたなんて自分でも信じられないよ」

「失うものが美しく見えるだけよ」

「男と別れただろう」

「どうして」

「そういう顔してるからさ」

「別れるとか、別れないとか、そういう問題じゃないの。レベルが違うのよ」

そう。そんなレベルのことではなかった。わたしと塁のことは。

秋になると、わたしと喜八郎は正式に離婚した。

わたしは吉祥寺のマンションを引き払い、国立《くにたち》から徒歩二十五分のところに小さな平屋の一戸建てを借りた。六畳がひとつに四畳半がふたつ、それに四畳半ほどのキッチンがあり、ひとりで住むには広すぎるが、ふたりで住むにはまあまあという間取りだった。それに何よりここには狭いけれど庭もついていた。何しろ古いので、猫を飼ってもかまわないということだった。家の前にはキャベツ畑がひろがり、公園にも図書館にも歩いて行けた。

わたしは駅までの通勤用と買い物のために自転車を買った。四畳半の一間を空け、塁がいつ移ってきてもいいようにカーペットとカーテンも取りつけておいた。近所の野良猫を少しずつ餌《え》づけするのも忘れなかった。庭にハーブを植え、傷んでいた縁台を修理し、家じゅうのペンキを塗り直した。そうやってわたしは塁を待っていた。

東急ハンズで買った手作りの郵便ボックスに一通の書籍小包が入っていたのは、隣家の柿の木がうちの敷地に大振りの実を落とすようになった頃のことだった。差出人の名前は書いてなかったが、白踏社のネーム入りの封筒だったので、古巻氏からと思われた。そこには山野辺塁の三作めになる新刊が入っていた。タイトルの次のページを開いて、わたしは脚のふるえとともにその場に崩れ折れた。そこには小さなゴチック文字で、

『クーチに捧ぐ』

と書かれていた。それを見たとき、どうしてか、わたしは塁を永遠に失ったような気がした。塁がこの家に来ることは決してありえないような予感がした。

それは前二作とは打って変わって明るい野球小説だった。それは塁の初めての短篇小説集になっていた。どの短篇にも野辺山満という名のルーキーが主人公として登場する。草野球から高校野球へ、甲子園からプロ野球へ、二軍から一軍へ、補欠からレギュラーへ、そして新人王へと昇りつめていくそれぞれの過程のある一日、あるゲームを切り取

り、少年から青年、青年から大人への成長物語と重ねあわせて描いた、どれもさわやかな青春小説になっている。それはあるひとつの家族の再生の物語でもある。

これまでの読者は怒るだろうけれど、わたしだけは塁を褒めてあげたいと思った。塁は初めて自分の家族を、そして自分の生を赦《ゆる》したのだ。

わたしは本の礼を述べるため、古巻氏に電話をかけた。

「ええ、あの原稿は彼女がアジアの各地から少しずつ送ってきたものです」

「塁は今どこにいるんでしょうか？　まだ向こうに？」

「それが僕にも連絡が取れないんです」

「弟さんのことは聞きましたか？」

「えっ、見つかったんですか？」

わたしは古巻氏に、塁から聞いた話をそのまま話した。電話の向こうで古巻氏の顔が青ざめていくのが目に見えるようだった。長い沈黙のあとで、彼は絶望しきった声で、

「そうですか。死んでましたか」

と言った。まるで自分の身内を亡くしたみたいに。

「でも、彼女のその話にはひとつだけ嘘がありますね」

「何ですか。近親相姦のことですか？」

「それは事実でしょう。ただ、相手が母親じゃなかった。彼女自身だったんですよ」

ああ、とわたしは思った。それほど驚かなかったのは、わたしもうすうすそんな気が

していたからだ。

「ということは、最初の小説みたいに？」

「あの姉弟はね、両親を殺すかわりに刑務所と精神病院に閉じ込めたんです」

「なぜ嘘なんか」

「たぶん彼女が弟より深く愛してしまった唯一の人間が、あなただったからでしょう」

わたしはそれだけで充分だと思った。やはり塁はすでに死んでいたのだ。あのスラムの木賃宿でわたしとセックスしたのが亡霊だったとしてもかまいはしない。誰が何と言おうと、あれこそがこの世で最高のセックスだった。ただ一緒に連れていってくれなかったことをわたしは恨んだ。

電話を切ったとき、塁の本の間に猫の毛がまぎれこんでいるのに気がついた。白い毛とグレーの毛だった。それを見た瞬間、わたしは転がるように家を出て自転車にまたがり、三鷹へと走った。車に轢《ひ》かれそうになり、畑に落ちても、全速力で漕ぎ続けた。雨戸を閉めきったあの暗い部屋の中に塁がいるのをわたしははっきりと感じることができた。赤信号を無視し、老婆をはね飛ばし、八百屋の店先にぶつけても自転車を止めなかった。塁はずっと、ずっと、ずっと、あそこでわたしを待っていたのだ。わたしは塁と行くつもりだった。白い薔薇の淵まで行くつもりだった。

河出文庫版あとがき

この小説を発表してから実に20年もの歳月が流れた。20年といえば、ちょっと眩暈するほどの年月である。世の中のほうも、わたし自身にも、さまざまな変化が起きた。

まず世の中のほうでいえば、ＬＧＢＴをめぐる社会的状況は少しずつ着実に変化している。20年前とは比べものにならないほどセクシュアル・マイノリティの市民権は向上し、世間の人々の偏見もいくぶん薄まってきたように思える。どこかの国会議員が「ＬＧＢＴは子供をつくらないから生産性がない、彼らへの支援に税金を投入する必要はない」とナチのような発言をしたり、どこかの区議会議員が「同性愛が広まれば足立区は滅びる」とトンデモ発言をしたりするたび、各方面から批判が上がる程度にはこの国の民度は増してきたように見える。同性愛をテーマとした映画やドラマもずいぶん増えてきた。20年前ならなかなかスポンサーがつかなくて制作を諦めざるをえなかった種類の映画が今や当たり前のように公開されている。

とはいえまだまだ日本では同性婚は認められていないし、パートナーシップ制度を導入している自治体もごくわずかだ。世界には同性愛を犯罪扱いして非人道的な刑を科している国もある。表面上はLGBTの人権が向上し、20年前ほどには当事者たちが肩身の狭い思いをしなくなったように見えたとしても、本質的な差別は依然としてなくなってはいない。神が異性愛を基本として生殖と種の保存を前提にこの世界を作り上げたときから、同性愛者はどこまでも異端の者としての宿命を十字架のように背負わねばならないことに変わりはない。いまだに封建的な日本社会においてLGBTであることをカムアウトすることは職を失ったり友を失ったりする危険性を孕んでいる。20年どころか200年くらいたたなければ、本当には何も変わらないのかもしれない。

そしてわたしはといえば、かつてあれほどの精魂を傾けてほとんど命懸けで書き続けてきた「女×女の恋愛小説」をもう書くことはなくなってしまった。それはわたしの人生から恋愛というものが消えてしまったからである。恋愛をする機会も、情熱も、興味すら、きれいさっぱりなくなってしまった。そしてそのことに何の未練も感じない。40歳から60歳になったのだから、それは仕方のないことだろう。「全身恋愛小説家」という名誉ある称号（？）は謹んで返上しなければならない。同性愛はもはやわたしにとって切実なテーマではなくなってしまったのだ。色恋沙汰の煩悩から解放され、心から孤独を愉しめる境地に至ったのだから、年を取ることも案外悪いことばかりではないと思う。

それなのにわたしはいまだに「レズビアン作家」のレッテルを貼られ続けている。ネット上でわたしの名前の上に枕詞のようにつけられているその言葉を見つけるたび、やはり傷つく。おそらくこのレッテルは一生ついてまわるのだろう。それどころか死んだあとになっても、中山可穂＝レズビアン作家、と言われ続けるのだろう。そのレッテルを引き剝がしたくてさまざまなテーマに挑んできたのが、わたしの後半生の作家業と言える。それなのにどうあがいてもこのレッテルを引き剝がせないのは、憤懣やるかたない思いがする。もちろん同性愛をテーマとした小説を書き続けたことを微塵も後悔していないし、それなりに誇れる作品もいくつかある。

この『白い薔薇の淵まで』は、今読み返すと大変拙く恥ずかしいところもあるが、若い頃でなければ書けない勢いと切実さが凝縮されている。このようにシンプルなラブストーリーをいつかもう一度書いてみたい。20年分の経験値をすべて捨て去り、明日を生き延びるあてもなく、ふるえるように原稿に向かっていたあの頃の無一物の自分のように。

（ちなみにこの小説を発表したのは40歳のときだが、第一稿を書いたのは30代前半だった。『猫背の王子』『天使の骨』のあとだから、最初期と言える。ミチルさんから離れて書いた最初の作品であった）

エロスとタナトス、愛と死がこの世のすべてである。

最初期から最晩年まで、おそらくわたしはたったひとつのことだけを思いつめて小説を書いている。

気が狂うような美しい小説を書きたい、

と。

　人生とは残酷なもので、角川文庫に入っている本を除いて、わたしの本はほぼ絶版になっている。文学賞など何の役にも立たなかったということだ。電子書籍では全作品を読めるとはいえ、やはり紙の本が流通していなければ読者には届きにくい。この小説を河出文庫で復刊していただけてとても嬉しい。特に大きな改訂などはせず、現代にそぐわない言葉など最低限の変更にとどめた。復刊にあたっては河出書房新社の辻純平さんのお世話になった。絶版という本の墓場の泥海の中からこの小説を見つけ出し、掬い上げてくださって、本当にありがとうございました。実はコロナのせいでまだ彼には一度も会えていない。いつか会える日が来るのを楽しみにしている。

　この小説を必要としている一人でも多くの読者が、どこかの書店の片隅でこの本と出会ってくださいますように。買おうかどうしようか迷っているとき、

「その本、買わないいんですか?」

という声がもしあなたに聞こえたら、それはわたしの声である。

2021年6月

中山可穂

本書は二〇〇一年に集英社より刊行され、その後、二〇〇三年に集英社文庫として刊行されました。河出文庫版刊行に際し、新たに「河出文庫版あとがき」を収録いたしました。

JASRAC 出 2105803-404

白《しろ》い薔薇《ばら》の淵《ふち》まで

二〇二一年 九 月二〇日 初版発行
二〇二四年 九 月三〇日 5刷発行

著　者　中山可穂《なかやまかほ》

発行者　小野寺優
発行所　株式会社河出書房新社
〒一六二-八五四四
東京都新宿区東五軒町二-一三
電話〇三-三四〇四-八六一一（編集）
〇三-三四〇四-一二〇一（営業）
https://www.kawade.co.jp/

ロゴ・表紙デザイン　粟津潔
本文フォーマット　佐々木暁
本文組版　株式会社創都
印刷・製本　TOPPANクロレ株式会社

Printed in Japan　ISBN978-4-309-41844-5

あなたを奪うの。

窪美澄／千早茜／彩瀬まる／花房観音／宮木あや子　41515-4

絶対にあの人がほしい。何をしても、何が起きても——。今もっとも注目される女性作家・窪美澄、千早茜、彩瀬まる、花房観音、宮木あや子の五人が「略奪愛」をテーマに紡いだ、書き下ろし恋愛小説集。

あられもない祈り

島本理生　41228-3

〈あなた〉と〈私〉……名前すら必要としない二人の、密室のような恋——幼い頃から自分を大事にできなかった主人公が、恋を通して知った生きるための欲望。西加奈子さん絶賛他話題騒然、至上の恋愛小説。

人のセックスを笑うな

山崎ナオコーラ　40814-9

十九歳のオレと三十九歳のユリ。恋とも愛ともつかぬいとしさが、オレを駆り立てた——「思わず嫉妬したくなる程の才能」と選考委員に絶賛された、せつなさ百パーセントの恋愛小説。第四十一回文藝賞受賞作。映画化。

さだめ

藤沢周　40779-1

ＡＶのスカウトマン・寺崎が出会った女性、佑子。正気と狂気の狭間で揺れ動く彼女に次第に惹かれていく寺崎を待ち受ける「さだめ」とは……。芥川賞作家が描いた切なくも一途な恋愛小説の傑作。

フルタイムライフ

柴崎友香　40935-1

新人ＯＬ喜多川春子。なれない仕事に奮闘中の毎日。季節は移り、やがて周囲も変化し始める。昼休みに時々会う正吉が気になり出した春子の心にも、小さな変化が訪れて……新入社員の十ヶ月を描く傑作長篇。

暗い旅

倉橋由美子　40923-8

恋人であり婚約者である“かれ”の突然の謎の失踪。“あなた”は失われた愛を求めて、過去への暗い旅に出る——壮大なる恋愛叙事詩として文学史に残る、倉橋由美子の初長篇。